Graal
La neige et le sang

christian de montella

Graal

La neige et le sang

Castor Poche Flammarion

Pour mon grand lecteur, Aurélien.

87, quai Panhard-et-Levassor – 75647 Paris cedex 13
ISBN : 978-2-0812-0247-4

« Qu'est-ce que cela veut dire ? » se demande Perceval. Ce que cela veut dire, j'aurais pu le savoir alors. Mais je rêvais. »

Jacques Roubaud

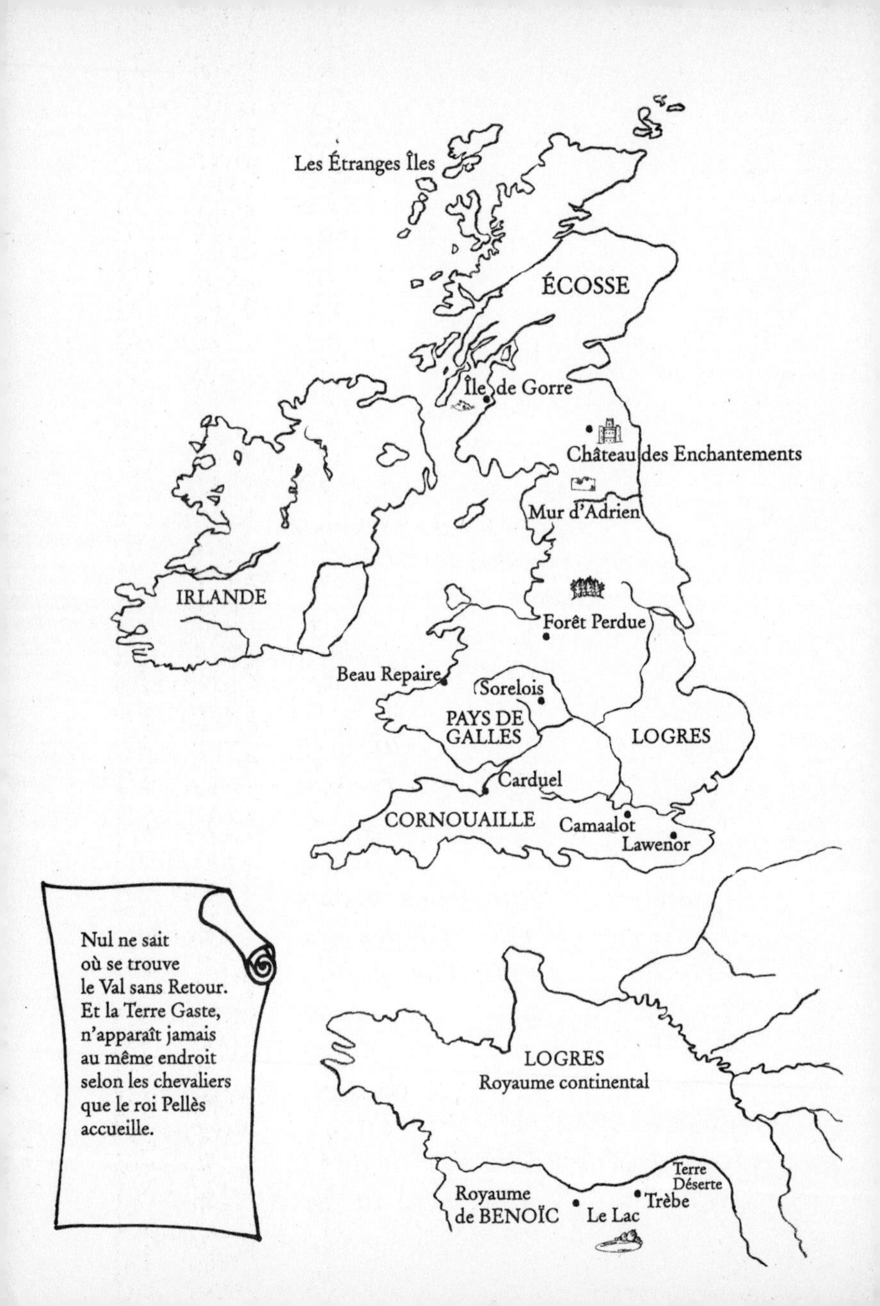
Les Étranges Îles
ÉCOSSE
Île de Gorre
Château des Enchantements
Mur d'Adrien
IRLANDE
Forêt Perdue
Beau Repaire
Sorelois
PAYS DE
GALLES
LOGRES
Carduel
CORNOUAILLE
Camaalot
Lawenor
Nul ne sait
où se trouve
le Val sans Retour.
Et la Terre Gaste,
n'apparaît jamais
au même endroit
selon les chevaliers
que le roi Pellès
accueille.
LOGRES
Royaume continental
Terre
Déserte
Royaume
de BENOÏC
Trèbe
Le Lac

Le royaume de Logres est à l'aube d'un long hiver. Nul ne le sait, nul ne s'en doute. Le jaune, l'ocre et le rouge d'un bel automne sont éclatants; les forêts qui recouvrent les trois quarts du pays bruissent de la course des cerfs, des sangliers, de la fuite des écureuils, du battement d'ailes des perdrix et des faisans. Les premiers vols d'oies sauvages, comme autant de flèches blanches pointées vers le sud, traversent le ciel.

Nul ne le sait, nul ne s'en doute, mais la paix qui règne depuis bientôt dix ans sur Logres est menacée. Alors que, tantôt dans son château de Carduel, tantôt dans sa ville de Camaalot, le roi Arthur, les chevaliers de la Table Ronde et toute la Cour mènent une vie de quiétude et de plaisirs, certains vassaux, certains barons se rassemblent en secret et complotent. La paix a duré si longtemps qu'ils pensent le royaume affaibli. Un roi et ses chevaliers qui ne combattent plus, qui se divertissent de fêtes, de festins, de chasses et de tournois, leur paraissent des proies désormais faciles.

Certes, l'idée de se dresser contre Arthur ne leur serait pas venue seule. À la nuit tombée, certains soirs, depuis des mois, un homme et son escorte se présentent à la grand-porte de leurs châteaux. Ils le reçoivent comme un hôte de marque. Ce n'est pas un homme qu'ils aiment, mais ils le craignent. Portant des armes et vêtu d'étoffes couleur d'or, il s'installe à la place d'honneur de leur table et il parle. Son timbre est grave et sa voix, douce. Il n'élève jamais le ton. Il semble énoncer des évidences : « Arthur a vieilli, dit-il, Arthur est un roi faible. Les Guerriers Roux saxons occupent la côte occidentale du royaume, et qu'a-t-il fait pour les en chasser ? Rien. Il a conclu avec eux une paix de lâche. Il ne mérite plus d'être roi. »

Les vassaux, les barons sont gênés par ce discours. Ils n'en disent rien. Répétons-le : ils craignent cet homme aux habits d'or, Mordret. Et ils redoutent encore davantage sa mère, Morgane la *nécromancienne*, demi-sœur du roi. Jamais Morgane n'accompagne son fils, mais pourtant chacun sent sa présence. Ils n'ont pas tort : s'ils levaient les yeux, ils verraient un oiseau de nuit, un chat-huant, perché sur une poutre de la salle ou dans l'embrasure d'une meurtrière. L'oiseau les écoute. Il cligne parfois des yeux. C'est Morgane, qui veille sur son fils. Magicienne, elle a choisi cette apparence.*

Et Mordret est très persuasif. Il dit, de sa voix douce et basse : « Aidez-moi à devenir roi, à vaincre Arthur. Et je vous promets davantage de pouvoir, de richesses que vous n'en avez jamais eu. Les terres, les fiefs et les privilèges des chevaliers de la Table Ronde, vous vous les partagerez. Que possédez-vous aujourd'hui ? Des miettes. Les pauvres miettes des Marches du royaume. Bientôt, si vous me soutenez, vous en serez les maîtres. » Ils le croient, oublient de le craindre, et l'admirent. Oui, ils se battront à ses côtés. Mort à Arthur et aux chevaliers de la Table Ronde !

Mordret s'en va. Il se rend chez les Saxons. Il leur tient le même discours. Il ajoute : « Allions-nous. Mes forces plus les vôtres, c'est assez pour écraser Arthur et son armée. Allez-vous rester

* Les mots suivis d'un astérisque renvoient au lexique en fin d'ouvrage.

sur la côte, prêts à être renvoyés à la mer ? Non. Nous affronterons Arthur et nous nous partagerons Logres. » Les ducs saxons se concertent, puis annoncent à Mordret qu'il peut compter sur eux. Un chat-huant, au-dessus de leurs têtes, hulule de satisfaction.

Il y a quelques vassaux pour refuser l'alliance. Fidèles à Arthur, ils vont le voir pour lui raconter ce que Mordret leur a proposé. Le roi les écoute, et il est triste. Non pas seulement parce qu'il comprend qu'il pourrait perdre son royaume, mais parce que tant de barons qu'il croyait ses amis, ses compagnons, préparent sa perte. Il appelle Gauvain, son neveu, et Guenièvre, son épouse — ses meilleurs conseillers. Il leur faut prendre des décisions.

— Le plus simple, dit Gauvain, serait d'affronter Mordret en jugement. S'il est tué, ses alliés abandonneront toute envie de guerre.

— Mais qui, aujourd'hui, est meilleur chevalier que lui ? répond Arthur.

— Lancelot, dit Guenièvre.

Arthur et Gauvain baissent la tête. Lancelot est sans doute le plus grand des chevaliers, mais il a disparu depuis dix ans. Est-il mort ? S'est-il fait ermite dans une lointaine forêt d'Écosse ou d'Irlande ?

— S'il est vivant, reprend Guenièvre, un seul homme au monde peut le retrouver : Merlin.

— Merlin, depuis trente ans, est le prisonnier des enchantements de Viviane.

— J'irai voir Viviane. C'est elle qui a élevé Lancelot. Elle délivrera Merlin par amour pour celui qui a été plus que son fils.

Arthur et Gauvain se regardent. Ils pèsent le pour et le contre. Le roi hoche la tête :

— Très bien, Madame. Partez en ambassade au Lac, chez Viviane.

— Quant à moi, dit Gauvain, je vais, avec quelques chevaliers, tâcher de retrouver la trace de Mordret.

C'est ainsi que, le matin suivant, deux escortes quittent Carduel. L'une s'en va vers le nord, à travers le pays de Galles, conduite par Gauvain. L'autre, accompagnant la reine, s'apprête au long voyage vers le continent, où se trouve le domaine enchanté de Viviane.

Arthur est seul. Seul au sommet du donjon qui surplombe la mer, à l'ouest, et, à l'est, de profondes forêts aux frondaisons rouges comme du sang. Il se demande pourquoi la paix perpétuelle est impossible. Pourquoi Mordret lui en veut tant. Mordret est son seul fils. Une faute, un péché, une erreur dont les conséquences ne cesseront jamais de le poursuivre. Soudain il lève la tête : le V d'un vol d'oies sauvages s'enfuit vers la mer. Oui, se dit-il, le royaume de Logres est à l'aube d'un long hiver...

1

Le Gallois de la Forêt Perdue

Ce matin-là, en pays de Galles, le jeune homme partit dès que l'aube commença d'éclairer les arbres et de blanchir le ciel. Il emporta trois javelots, à son habitude, et monta son cheval préféré, un chaceor* à la fois puissant, vif et docile, capable de tenir une bonne allure quels que soient les difficultés et les pièges du terrain. Il le talonna, et ils partirent allégrement sur les sentiers de la Forêt Perdue.

Le jeune homme portait des vêtements de toile grossière et solide que sa mère, qu'on appelait la Veuve de la forêt, taillait et cousait elle-même. Dans cet accoutrement et avec sa chevelure blonde embroussaillée, il avait l'air d'un jeune sauvage, d'une sorte de bel animal farouche et indiscipliné. Il trottait entre les arbres, sourire aux lèvres, narines palpitantes, heureux de ce bel automne, maître devant Dieu de cette forêt où il avait grandi seul auprès de sa mère. Rien ne le contentait davantage que ces courses matinales à la poursuite du gibier, parmi les odeurs d'humus et de feuilles tombées, et le réveil du chant des oiseaux.

La matinée se déroula comme de nombreux matins qu'il passait à la chasse. Personne n'était plus habile que lui au lancer du javelot. Quand un vol de perdrix ou de faisans se dispersait soudain devant son chaceor, dans un frénétique battement d'ailes, il atteignait à tout coup sa cible.

Le soleil n'était qu'à mi-chemin de midi qu'il avait déjà empli sa gibecière. Il repéra les fumées* d'un chevreuil, prit sa trace, tomba bientôt sur des brisées* toutes fraîches : sa joie d'être là, d'être lui-même et de chasser décupla. Il allait trouver une proie à sa mesure.

Quelque temps plus tard, il sut, à la fraîcheur des fumées, que le chevreuil n'était plus très loin. Il s'immobilisa et regarda autour de lui. Puis il ferma les yeux, releva la tête, huma l'air. Dix-huit ans passés dans cette forêt lui avaient donné l'odorat d'un loup. Par-dessus l'odeur forte de son cheval et celle des feuilles mortes en décomposition, il perçut le parfum violent et inquiet du chevreuil. Il rouvrit les paupières et s'apprêtait à prendre la direction de l'ouest, lorsqu'un bruit le surprit.

C'était plus qu'un bruit. C'en étaient dix, vingt. Le son, très reconnaissable, des sabots de plusieurs chevaux martelant le sol de la forêt. Mais aussi celui, nombreux, des heurts du métal sur le métal ou contre le bois des branches. Et, s'approchant de l'endroit où il s'était arrêté, ces bruits métalliques devinrent un vacarme inquiétant. Comme d'une troupe traversant la forêt à sa rencontre.

Le jeune homme, inquiet, tapota l'encolure du chaceor et lui murmura :

— As-tu déjà entendu une chose pareille ?

Le cheval, à son tour, fut pris d'inquiétude.

— Je sais ! dit le jeune homme. Je sais : ma mère depuis toujours me parle des diables qui hantent parfois la forêt... Je ne la croyais plus, mais il semblerait qu'elle ait eu raison...

Il caressa son chaceor entre les oreilles, pour l'apaiser.

— Ne t'en fais pas. Elle m'a toujours dit que, pour me défendre des démons, il fallait que je fasse le signe de la croix. Que ce simple geste vers Dieu et Notre-Seigneur Jésus-Christ me protégerait...

Il saisit l'un de ses javelots et l'assura fermement dans son poing.

— Ma mère est une femme. Elle a des terreurs de femme. Je ne ferai pas le signe de la croix. Qu'ils viennent, les démons et les diables ! Mes javelots les attendent...

Sur sa droite, parmi les chênes, apparurent des cavaliers. Ils étaient cinq. Le jeune homme mit son bras en position afin de frapper le premier qui serait à sa portée. Ils avançaient toujours, au trot, droit sur lui. Ils quittèrent la pénombre des futaies les plus denses et jaillirent dans la lumière tranquille du matin.

Le jeune homme retint son bras, stupéfait.

Ce n'étaient pas des démons. Les cavaliers étincelaient dans les rais obliques du soleil. Ils portaient des cottes d'un métal brillant, d'un blanc d'argent, et, suspendues à leur cou ou à leur selle, de grandes images ovales où l'éblouirent le même blanc, le même argent, et des bandes de vermeil, d'écarlate et d'azur, le dessin d'un animal dressé sur ses pattes arrière, des fleurs dorées en forme de fer de lance.

Le jeune homme reposa son javelot contre sa cuisse et murmura au chaceor :

— Par Dieu ! Ce ne sont pas des créatures du diable, ce sont des anges ! Je n'ai jamais rien vu d'aussi beau et d'aussi fascinant... Pardonne-moi, mon Dieu, d'avoir confondu Tes créatures avec celles de Lucifer.

D'un geste sec, il planta son javelot au sol. Puis il descendit de son cheval et, alors que les cinq cavaliers le rejoignaient, il mit un genou à terre. Humble, il courba la tête.

Le premier cavalier retint sa monture et fit un signe aux quatre autres. Ils s'immobilisèrent à quelques mètres du jeune homme.

— Hé, toi ! Relève-toi ! Nous ne voulions pas te faire peur.

Le jeune homme garda cependant la tête baissée et dit :

— Je n'ai pas eu peur. J'ai honte : j'ai failli vous embrocher comme de vulgaires faisans.

Après un instant de surprise, les cinq cavaliers se mirent à rire. Le jeune homme, qui n'avait jamais imaginé que les anges pussent rire, leva sur eux un regard étonné.

— Vous ne m'en voulez pas ?

— De quoi ? demanda en souriant le premier des cavaliers. Tu nous as épargnés, si j'ai bien compris ? Nous ne pouvons que t'être reconnaissants. Relève-toi.

Le jeune homme obéit, lentement. Il n'était pas d'un caractère à obéir si vite, mais toute cette aventure le dépassait. On ne rencontre pas tous les jours une quintaine d'anges dans la Forêt Perdue. Il vit alors que chacun d'entre eux portait à la ceinture une longue épée dont la garde était une croix.

— Je vous avais pris pour des démons. Des créatures de Lucifer, tant vous faisiez de bruit. Je saurai maintenant que les anges sont bruyants comme des diables. Mais les démons ne sont-ils pas des anges déchus ?

Il s'approcha du premier cavalier.

— Êtes-vous l'archange Michel ou l'archange Gabriel ? lui demanda-t-il.

Celui-ci le dévisagea un instant, puis, se tournant vers ses compagnons, déclara :

— Quand je l'écoute, je comprends pourquoi on appelle cet endroit la Forêt Perdue !

Tous éclatèrent de rire. Le jeune homme rougit de colère. Ce n'aurait pas été des anges, il se serait vexé et les aurait affrontés, javelot au poing.

— Pour des anges, dit-il néanmoins, je vous trouve agaçants et sans miséricorde.

— Ah ! s'exclama un autre des cavaliers. Ce garçon est naïf mais susceptible ! Prenons garde à nous, messieurs, ironisa-t-il.

— Allons, allons, dit le premier cavalier. Rassurons-le.

Il s'accouda à l'encolure de son roncin*, pencha le visage vers le jeune homme.

— Tu m'as flatté, je l'avoue, en me prenant pour l'archange Gabriel. Mais je ne m'appelle que Gauvain, chevalier du roi Arthur.

— Chevalier?

Le jeune homme hocha longuement la tête.

— Qu'est-ce que c'est, « chevalier » ? demanda-t-il enfin.

— Ce que nous sommes.

— Je ne sais pas ce que ça veut dire, mais si c'est vous ressembler, s'exclama joyeusement le jeune homme, je veux bien devenir chevalier ! Comment fait-on?

Gauvain, Bréhu, Yvain, Galehot et Caradigas — c'étaient leurs noms — éclatèrent de rire à nouveau.

— Écoute, dit Gauvain, j'ai l'impression que ce serait un peu long à t'expliquer. Nous en discuterons plus tard. En attendant, je voudrais te poser une question. As-tu vu, ce matin, un chevalier, comme nous, mais au haubert d'or, passer sur un cheval noir?

Sans écouter, le jeune homme s'était approché de la monture de Gauvain. Il désigna la lance accrochée à la selle.

— Qu'est-ce que c'est, Monsieur? Un grand

javelot? Il doit être difficile à lancer, ou vous êtes fort comme trois hommes...

Gauvain sourit.

— Cela s'appelle une lance. Et pourtant cela ne se lance pas.

— Alors, à quoi ça sert?

— Quand tu seras chevalier, tu l'apprendras, tenta d'éluder Gauvain. Réponds d'abord à ma question : as-tu vu passer ici un chevalier doré sur un destrier noir?

Le jeune homme ne semblait pas prêter la moindre attention aux questions de Gauvain. Il examinait la lance, les yeux ronds, la bouche dédaigneuse.

— Qu'est-ce qu'une lance qu'on ne peut pas lancer? Je crois, Monsieur, que mes javelots valent mille fois mieux que votre lance. Et ça, poursuivit-il en touchant l'écu de Gauvain, qu'est-ce que c'est?

Gauvain soupira.

— Dis-moi : as-tu grandi comme une bête dans cette forêt, que tu n'es pas capable de répondre aux questions qu'on te pose?

— Et vous, Monsieur, pourquoi ne répondez-vous pas aux miennes?

Le calme et la patience de Gauvain étaient proverbiaux. Un autre que lui aurait frappé le rustre insolent et poursuivi sa route. Il prit la peine d'une explication.

— Très bien. Ce que tu touches là se nomme un écu. Cela me sert à me protéger au combat.

Le jeune homme fit un pas en arrière.

— Comment? se moqua-t-il. Vous avez une lance que vous ne lancez pas, et un écu pour vous protéger? Vous êtes un peu bizarre, Monsieur, si je puis me permettre. Moi, avec un seul javelot, je vous tuerais plus vite que vous ne pourriez vous protéger de votre écu.

Pour la première fois, Gauvain dévisagea véritablement le jeune homme. Lequel lui fit une curieuse impression : à la fois d'une grande sottise, qui n'était peut-être que de l'innocence, et d'une grande noblesse de cœur. Il choisit de ne pas se vexer de la remarque et de tenter d'en savoir plus sur ce jeune homme de haute taille, bien découplé, au regard direct et clair, qu'on aurait pu croire de bonne naissance et d'excellente lignée s'il n'avait porté ces hardes de forestier et n'avait montré si peu de politesse dans sa conversation.

— J'ai une autre question, dit-il. Peut-être répondras-tu à celle-là. Comment t'appelles-tu?

— Perceval, répondit le jeune homme en relevant fièrement le front.

— Perceval... De qui es-tu le fils et le neveu*?

— Je suis le fils de ma mère, Monsieur. Et le neveu de personne de ma connaissance.

Cette réponse fit encore rire les chevaliers. Et les assura qu'ils n'avaient affaire qu'à un manant quelconque, quoique bien plus insolent qu'ils n'en avaient jamais rencontré. Tout garçon de bonne naissance connaît ses deux lignées : la paternelle, même s'il n'en est pas l'aîné; et la maternelle, qui fait d'un neveu l'égal d'un fils. Gauvain tira sur la bride de son roncin.

— Eh bien, jeune Perceval, je te souhaite de rencontrer, la prochaine fois, des chevaliers aussi peu susceptibles que nous. Sinon...

— Sinon quoi, Monsieur? Voulez-vous dire que je serai obligé de me servir de mes javelots?

— Si je t'en laisse le loisir... Fini de bavarder. Tu nous as assez divertis.

Gauvain fit un signe à ses compagnons.

— Repartons.

Perceval saisit soudain la monture de Gauvain par le mors, la contraignant à s'immobiliser.

— Une dernière question, Monsieur. Pourquoi portez-vous cette chemise de mailles de fer?

— C'est un haubert. Tous les chevaliers en portent.

— Par crainte des coups, Monsieur?

Piqué au vif, Gauvain frappa du pied l'épaule du jeune homme, qui chancela, mais ne lâcha pas le mors.

— Écarte-toi et sois moins arrogant! Ma patience a ses limites.

Maintenant toujours d'un poing ferme le cheval, Perceval posa tout à coup la pointe de son javelot sur la poitrine de Gauvain.

— Je ne prétends pas, Monsieur, que ma pointe puisse transpercer ce que vous appelez votre haubert. Mais...

Brusquement, il releva son arme droit sur le visage du chevalier.

— ... je marchais à peine, Monsieur, que je tuais un sanglier à vingt pas. Droit dans l'œil.

Gauvain, furieux, saisit dans sa main gantée la hampe du javelot.

— Écoute-moi, Perceval, tu n'es qu'un petit Gallois de la forêt. Nous pourrions te punir définitivement de ton insolence. Nous le devrions.

Il lâcha le javelot, que Perceval rabaissa contre sa cuisse — nullement impressionné, mais attentif et curieux, plutôt. L'affrontement l'amusait. Il se demandait jusqu'où ce faux diable, faux ange, vrai chevalier — mais qu'était-ce qu'un chevalier? — était capable d'aller pour tenter de lui faire peur. Perceval, jamais, n'avait eu peur. Depuis son enfance, folle et libre, dans la forêt, il avait croisé aussi bien des sangliers solitaires que des meutes de loups et des bandes de brigands. Rien ni personne que quelques cris d'assaut et d'imparables jetés de javelot n'aient réduit à merci.

— Pourquoi ne le tentez-vous pas, Monsieur?

Sans répondre, Gauvain fixa ses yeux dans ceux, aussi clairs qu'innocents, de ce Perceval qui le défiait. Il se dit soudain, avec un pincement au cœur, qu'il n'avait jamais croisé dans le regard d'un jeune homme tant d'arrogance depuis sa rencontre, des années plus tôt, avec le jeune Lancelot, qui ne se nommait alors que Lenfant [1].

— J'ignore, dit-il, si tu es plus téméraire que bête. Ou l'inverse. J'estime ton courage et donc pardonne ta bêtise.

Le poing bien serré sur son javelot, Perceval fit trois pas en arrière.

— Je vais vous épargner, Monsieur, car vous m'avez fait réfléchir. Un sanglier aurait-il pu me parler comme vous le faites, j'aurais moi aussi estimé son courage et pardonné sa

1. Voir *Le Chevalier sans nom*.

bêtise. Et peut-être aurais-je voulu me faire sanglier. Or, vous n'êtes pas sanglier, Monsieur, mais chevalier, m'avez-vous dit. Je veux devenir chevalier.

— Ce n'est pas si facile que tu sembles le croire. Mais, d'abord, pourquoi veux-tu devenir chevalier ?

— Pour étinceler, comme vous ! Et que, traversant une forêt, on me prenne pour un démon, puis pour un ange !

Cette fois-ci, malgré qu'ils en eussent, les chevaliers se retinrent de rire.

— Cela s'appelle de la vanité, petit Gallois de Perceval. Un chevalier doit être fier mais humble.

Perceval fit une moue dubitative.

— Vous ne m'avez pas l'air si humble que ça, Monsieur.

— Si je ne l'étais pas, tu serais déjà mort.

— Vous ou moi. Qui sait ? repartit Perceval sans se démonter. Expliquez-moi plutôt comment je vais devenir chevalier. Depuis que je vous ai vu, il n'y a rien au monde qui me fasse plus envie.

Un autre des cavaliers s'avança près de Gauvain. Il était jeune, mince et d'une mine souriante et fraîche.

— Je m'appelle Galehot, dit-il. Je suis un chevalier nouveau. J'ai reçu à la dernière

Saint-Jean la colée du roi Arthur. C'est ainsi qu'on devient chevalier.

— Où est ce roi Arthur? Et qu'est-ce que c'est la colée?

— Une gifle que tu accepteras sans y répondre...

— Jamais! s'exclama orgueilleusement le jeune homme en faisant un pas en arrière.

— Donc, dit Galehot que la conversation amusait, quand, pour te faire chevalier, le roi Arthur te giflera, tu le frapperas en retour?

— Et il vaudra mieux pour lui qu'il sache se défendre! s'écria Perceval, indigné.

— Alors tu ne seras jamais chevalier.

— Ah, bon? fit Perceval, décontenancé.

Il prit le temps de réfléchir. Il demanda enfin :

— Mais c'est quoi, un roi? Quelqu'un qui a le droit de te gifler sans que tu te défendes? Alors, plutôt que chevalier, je préfère être roi.

Sa réplique déclencha quelques rires.

— C'est impossible, dit Galehot.

— Tout est possible! s'exclama Perceval. Tuer un étourneau en plein vol est impossible; les écuyers et les sergents de ma mère me l'ont toujours dit. Mais je peux tuer un étourneau en plein vol. Regardez!

Il leva tout à coup les yeux vers les futaies de la forêt, où passait une bande d'oiseaux gris-beige, petits et rapides. Personne, aucun des chevaliers, ne vit le javelot quitter la main de Perceval. Pourtant, l'instant d'après, il retombait dans la clairière, la pointe ensanglantée. Peu après, un oiseau décapité s'abattait devant les chevaux de Gauvain et de Galehot. C'était un étourneau.

— Alors ? demanda simplement Perceval.

— Alors, répliqua Gauvain qui gardait les yeux fixés sur le javelot et l'étourneau, n'en revenant pas d'un tel exploit, tu viens de me prouver l'impossible. Pourtant tu ne pourras être roi.

— Démontrez-le-moi, dit Perceval.

— Il n'y a rien à démontrer. Les choses sont ce qu'elles sont. Les rois sont des rois. Les chevaliers, des chevaliers. Et les Gallois de la forêt, des Gallois de la forêt.

— Néanmoins, intervint Galehot, il est vrai que rien n'empêche un Gallois de devenir chevalier. Il faut que tu ailles voir le roi Arthur et lui en présentes la requête.

— Où est-il, ce roi ? Je veux porter les mêmes armes* que vous, je veux avoir l'air d'un ange.

— Je vais te l'apprendre, dit Galehot, mais...

— Mais, reprit Gauvain, dis-nous d'abord si

tu as vu passer l'homme dont je t'ai parlé tout à l'heure.

— Celui qui vous ressemble? Mais dont le destrier est noir et le vêtement d'or?

— Tu as tout compris. Eh bien?

Perceval sauta sur son chaceor qu'il montait à cru.

— Allons poser la question aux serfs de ma mère, dit-il. Ils labourent depuis l'aube. Ils auront mieux vu que moi.

— Nous te suivons.

Perceval mit son cheval en travers de celui de Gauvain.

— Vous me donnez votre parole, Monsieur, de m'apprendre comment devenir chevalier?

— Mais oui, tu as ma parole. Allons!

Les cinq chevaliers suivirent le jeune Gallois par des sentes à travers la forêt qu'ils n'auraient pu découvrir ni deviner eux-mêmes. Le soleil était à son plus haut quand ils franchirent l'orée des derniers chênes et galopèrent dans des champs où de nombreux paysans travaillaient.

Dès qu'ils entendirent le bruit du galop, puis virent la troupe fondant sur eux, les serfs prirent peur. Les jeunes filles et les femmes se mirent à courir, s'enfuyant vers l'est, où se trouvait leur village. Les hommes empoignèrent leurs fourches et s'apprêtèrent, farouches, à défendre cette terre qu'ils labouraient, ensemençaient, dont ils tiraient récolte et subsistance, contre les cavaliers. Puis, Bertrand, l'homme fort du village, reconnut Perceval, leur jeune seigneur, chevauchant en tête. Il commanda aux fourches de s'abaisser.

— Bertrand, ces Messieurs ont une question à te poser. Réponds-leur comme tu me répondrais.

Perceval avait immobilisé son chaceor à la limite du champ labouré. Les chevaliers s'arrêtèrent, demeurant derrière lui. Bertrand, la fourche sur l'épaule, s'avança de quelques pas.

— Je n'ai qu'une question, l'homme, lui dit Gauvain. As-tu vu ce matin passer un chevalier en haubert d'or sur un destrier noir ?

Bertrand regarda Perceval, son jeune seigneur, pour savoir quelle devait être sa réponse. Le jeune homme hocha la tête.

— N'aie pas peur. Et dis ce que tu sais.

Alors Bertrand, après avoir planté sa fourche dans la terre fraîchement remuée, tourna le buste vers les contreforts des montagnes qui barraient l'horizon. Il tendit la main dans leur direction.

— Un chevalier d'or et son cheval noir sont passés ce matin. Si vous avez de bons yeux, Messire, vous pouvez les voir encore remonter la crête.

Perceval, Gauvain, Galehot et les autres chevaliers levèrent le regard vers la ligne sombre des montagnes. Ils y discernèrent la minuscule silhouette d'un homme à cheval. Oui, le cheval était noir. Et, passant soudain dans le soleil, le haubert de son cavalier brilla : comme de l'or.

— C'est lui, s'exclama Gauvain. C'est Mordret. Allons-y.

Les chevaliers talonnèrent leurs montures, qui avancèrent de quelques pas dans les champs de labour. Perceval claqua vivement des lèvres : son chaceor bondit et se plaça en travers de leur route.

— Doucement, Messieurs, dit le jeune homme. Nous devons d'abord nous entendre sur deux choses. La première, c'est que ces paysans travaillent pour ma mère et que vous ne piétinerez pas leurs labours. La seconde est que vous me devez le nom du château où je trouverai ce roi Arthur qui me fera chevalier — s'il ne me gifle pas trop fort...

Ce disant, il avait empoigné l'un de ses javelots. Gauvain, Galehot et leurs compagnons retinrent leurs chevaux en bordure des champs labourés.

— Va à Carduel, dit Galehot.

— C'est quoi, Carduel ?

— Le château où tu trouveras Arthur.

— Où est-il?

— As-tu déjà vu la mer?

— Non. Qu'est-ce que la mer?

— Tu le sauras quand tu auras trouvé Carduel.

Perceval brandit son javelot.

— Monsieur, vous vous moquez de moi.

— Pas du tout. Prends la direction du sud.

— Et ensuite?

— Demande où est Carduel. On te répondra.

Après une hésitation, Perceval rangea son javelot dans son carquois. Les chevaliers dirigèrent leurs roncins le long des champs labourés, vers le chemin qui menait aux premières pentes des montagnes.

— Messieurs! leur cria Perceval quand ils furent déjà loin. Pourquoi poursuivez-vous ce chevalier d'or au destrier noir?

— Parce que nous sommes des chevaliers d'Arthur, lui répondit Galehot. Que nous voulons éviter la guerre et le saccage!

— Qu'est-ce que c'est, la guerre et le saccage?

Mais le vent d'automne enleva d'une bourrasque mille feuilles mortes et la question de Perceval.

Longtemps, il regarda les chevaliers s'amenuiser jusqu'à atteindre le chemin des lignes de crête. Loin devant eux, au sud-est, le haubert de Mordret lançait parfois un éclat d'or dans le soleil. Il avait plusieurs heures d'avance sur ses poursuivants.

***

Perceval revint au galop à travers la forêt. Il n'avait plus qu'une idée en tête : devenir chevalier. Là, au cœur des bois, où les arbres étaient le plus denses, véritable muraille de chênes, il mit son chaceor au pas et l'engagea dans un étroit passage, connu de lui seul, à la sortie duquel il atteignit une assez vaste clairière. Un manoir modeste, défendu de deux tours, s'y élevait; une petite rivière coulait le long de sa façade. Perceval franchit la passerelle qui menait à la porte et entra dans la cour.

Il laissa son chaceor aux soins d'un écuyer. D'un pas hâtif, il pénétra dans le manoir. Dans la salle, assise auprès du feu, une femme cousait. Elle était maigre, pâle et, quand elle releva les yeux à l'entrée du jeune homme, une sorte de joie inquiète éclaira la mélancolie naturelle de son visage.

— Mon fils, dit-elle, tu rentres bien tard de la chasse. J'étais anxieuse.

Perceval vint s'installer à côté d'elle près de l'âtre.

— Vous n'imaginerez pas ce qui vient de m'arriver, ma mère ! J'ai fait la rencontre la plus extraordinaire de ma vie !

Elle fronça légèrement les sourcils. L'excitation de son fils l'inquiétait. Elle posa doucement une main sur la sienne, mais il était trop agité pour répondre à cette caresse maternelle et écarta théâtralement les bras.

— Je vais devenir chevalier !

Elle poussa un cri imperceptible et se toucha la poitrine, à l'endroit du cœur. Il ne s'aperçut de rien, pas même de la rougeur qui brûlait tout à coup les pommettes de sa mère. Il se redressa et, marchant de long en large, entreprit de lui conter, les mots se bousculant dans sa bouche, sa rencontre et sa conversation avec Gauvain et ses quatre compagnons. Au fur et à mesure qu'il parlait, elle semblait se crisper davantage, dos voûté, poings serrés dans son giron.

— Voilà ! s'exclama-t-il pour conclure. Je n'ai jamais rien vu d'aussi beau au monde que ces hommes ! J'ai donc décidé de partir aussitôt pour ce château près de la mer afin que le roi Arthur me fasse chevalier.

— Non...

C'était à peine un murmure. La femme fit l'effort de redresser la tête et répéta, d'une voix plus ferme :

— Non, mon fils. Non, tu ne feras pas ça.

Décontenancé, Perceval s'approcha d'elle.

— Mais pourquoi? Vous ne m'avez jamais rien interdit, ma mère.

— C'est la raison pour laquelle tu seras un bon fils et m'obéiras. Il est vrai que je t'ai toujours laissé libre. Mais il est hors de question que tu deviennes chevalier.

— Je ne comprends pas. Savez-vous seulement ce qu'est un chevalier?

— Je ne le sais que trop.

— Alors, s'emporta-t-il, vous ne pouvez pas m'empêcher d'aller voir ce roi Arthur!

— Écoute-moi : si tu as grandi dans cette Forêt Perdue, si je t'y ai élevé, c'était pour t'épargner.

— M'épargner de quoi? Expliquez-vous, à la fin!

— Je ne peux rien t'expliquer. J'ai fait le serment de ne jamais te parler ni d'Arthur ni de chevalerie.

— À qui avez-vous fait un serment pareil?

— À moi-même. Le jour de la mort de ton père.

Ces mots suffirent à calmer la colère de Perceval. Il s'accroupit près de sa mère et lui prit les mains. Il murmura :

— De mon père non plus, vous ne m'avez jamais parlé.

— Ni de ton père, ni de tes frères.

— Mes frères ? J'ai des frères ?

— Tu en as eu deux. Ils étaient beaux comme toi, et tout aussi écervelés. Je les ai perdus. Heureusement, Dieu m'avait accordé la grâce de te faire naître alors que j'arrivais à l'âge où les femmes n'ont plus d'enfant. Je me suis fait le serment que, toi, je ne te perdrais pas.

Des larmes avaient roulé sur ses joues maigres et ridées. Embarrassé, le jeune homme posa délicatement le bout de ses doigts sur ce visage qu'il avait toujours connu triste et inquiet.

— Ma mère, je comprends que cela a dû être un très grand chagrin pour vous... Mais ce ne sera pas me perdre que de me permettre de devenir chevalier. Je reviendrai vous voir et vous serez fière de moi !

Elle secoua la tête.

— Tes frères m'ont dit un jour la même chose. Ils ne sont jamais revenus.

— Pourquoi ont-ils fait ça? Les ingrats! Moi, je reviendrai, soyez-en sûre.

Elle le dévisagea un instant sans rien dire, puis lui passa la main dans les cheveux.

— Il y a seize ans passés, tes frères, suivant leur père, sont partis quelques jours avant la Saint-Jean. C'est à l'occasion de cette fête que le roi Arthur adoube les chevaliers nouveaux. Tes frères ont été adoubés, ils ont reçu la colée de la main du roi, et leur épée. Il est de coutume qu'un grand tournoi* ait lieu après cette cérémonie. Les chevaliers nouveaux, mêlés aux meilleurs des compagnons d'Arthur — les Gauvain, Yvain, Erec, Cligès, et tant d'autres —, doivent y démontrer leur valeur, leur prouesse. Ton père et tes frères y ont été remarquables, dit-on. Ils y ont brillé pendant des heures, culbutant leurs adversaires et s'emparant de leurs destriers et de leurs armes.

Elle soupira, baissa la tête et poursuivit à voix basse :

— La nuit tombait, annonçant la fin de la joute. Grisés sans doute par leurs exploits, ton père et tes frères sont partis dans un dernier assaut. Ils convoitaient, je crois, les armes et le destrier de Mordret, qui était le champion du parti adverse.

— Mordret... murmura Perceval. J'ai entendu ce nom tout à l'heure. Qui est-ce ?

— Mordret est le fils de Morgane, la demi-sœur du roi Arthur — certains prétendent qu'il est aussi le fruit de l'inceste entre ce frère et cette sœur. Il est impitoyable comme l'est sa mère, valeureux comme son père supposé. Le jour du tournoi, il avait quinze ans à peine, mais sa mère lui passe tout et Arthur ne lui refuse rien : il avait obtenu le droit de combattre au tournoi et les hommes de son parti ne s'en sont pas plaints : il montrait déjà une témérité et une ruse de vieux champion.

Elle se passa la main sur le visage, essuyant ses larmes. Elle fixa soudain son regard dans celui de Perceval, qui y lut une haine dont il l'avait toujours crue incapable.

— Donc, alors que le soleil se couche, ton père et tes frères mettent leurs destriers au galop et fondent sur Mordret. Le fils de Morgane avait été isolé lors de l'assaut précédent. Il devait paraître une prise parfaite pour conclure magnifiquement cette journée où ton père et tes frères s'étaient illustrés par leurs exploits. Mais Morgane était dans l'assistance. Elle n'allait pas laisser humilier son fils. Je t'avoue que je disposerais de ses pouvoirs de fée et de nécromancienne, j'agirais comme elle pour sauver la chair de ma chair...

« Alors que tes deux frères se jetaient à l'assaut de Mordret et allaient l'atteindre, leurs chevaux, ensemble, trébuchèrent. On dit qu'un éclair, un coup de foudre tombé de nulle part — la journée était magnifique, il n'y avait pas eu un nuage —, frappa les destriers en pleine course. Tes frères chutèrent lourdement. À quelques pas de Mordret.

«Le destrier de ton père, qui se trouvait en arrière, prit peur et se cabra. Le temps que ton père le maîtrise, il était trop tard : Mordret se jeta sur lui et, alors qu'il ne pouvait pas se défendre, le frappa de sa lance. Elle se brisa sur l'écu, glissa et son bois désormais plus aigu que la pointe d'une dague transperça le ventre et la hanche de ton père...

Elle se tut, les yeux perdus dans le vague. Perceval serra très fort la main de sa mère.

— Eh bien? demanda-t-il. Et mes frères? Ils ne se sont pas relevés?

Semblant sortir d'un mauvais rêve, elle hocha la tête.

— Ils étaient morts. Ils s'étaient brisé le cou dans leur chute. Quant à ton père...

— Oui, mon père...?

— Ses écuyers l'ont ramené dans notre château, ainsi que les dépouilles de tes frères. Il est mort quelques heures après son retour. Il n'avait eu que le temps de me raconter le tournoi et la traîtrise de Mordret et de Morgane. Tu n'avais pas deux ans, tu ne te le rappelles pas : je t'ai porté jusqu'au lit où ton père agonisait; il t'a embrassé et il m'a dit : «Prends soin de lui. C'est notre dernier fils. Que ma lignée ne s'éteigne pas.»

«Il a rendu son dernier souffle. C'est alors, en te reprenant dans mes bras, que je me suis fait le serment que tu ne deviendrais jamais chevalier. Dès après les funérailles de ton père et de tes frères, je me suis retirée avec toi dans ce manoir au fond de la Forêt Perdue, où je croyais pouvoir te préserver à jamais des rêves vains de gloire, de tournois et de batailles.

Elle s'affaissa sur son siège et pleura.

— J'ai échoué...

Perceval l'examina avec curiosité, comme s'il découvrait une autre femme que celle qu'il avait toujours prise pour sa mère. Puis il se releva, fit quelques pas en arrière et déclara :

— Vous aviez sans doute les meilleures intentions du monde, ma mère. Mais vous avez fait une mauvaise action. Vous m'avez élevé pour être un lâche.

— Non, gémit-elle. Je t'ai élevé pour que tu vives, pour que tu ne...

— Taisez-vous ! À cause de vous, j'ai honte d'être moi-même. Vous auriez dû m'élever dans le désir de venger mon père et mes frères ! Je dois retrouver ce Mordret et sa mère Morgane. Je dois devenir chevalier pour participer à ce que vous appelez « tournoi » et y affronter face à face ce tricheur, ce bâtard, ce traître !

Ivre de colère, il tourna sur lui-même, puis s'avança à grands pas vers la porte de la salle.

— Perceval ! Je t'en prie...

Il n'écouta pas. Il ne le pouvait pas. Il se

représentait Mordret — il croyait le *voir*, silhouette d'or brillant dans le soleil, tel un défi à l'orgueil, monté sur son destrier noir comme la nuit, comme le Mal. Son désir de devenir chevalier, simple caprice d'enfant de la forêt ébloui par la brillance des armes et des hauberts, s'était mué en un féroce besoin de vengeance. Il traversa la cour du manoir, commanda à ses écuyers de lui préparer sur-le-champ le meilleur roncin de l'écurie — une bête solide et rapide, vive sous la bride, qui, se disait-il, valait bien les destriers de combat.

Impatient, il bouscula les écuyers qui, à son goût, ne faisaient pas assez vite leur office, boucla lui-même la selle, enfila un carquois de plusieurs javelots courts et sauta sur le cheval. Les écuyers s'écartèrent, effrayés, quand il fit brutalement volter le roncin et partit au galop hors de l'écurie.

— Perceval !

Il ne prit pas garde au cri de sa mère. Il traversa la passerelle sur la rivière dans un grand fracas de sabots et de planches. Parvenu face à la muraille des chênes, il fut contraint de retenir sa monture, avant de franchir le très étroit passage qui conduisait vers la forêt et, plus loin, vers le monde. Un instant avant de disparaître, il tourna la tête vers l'entrée du manoir.

Il y vit, loin, petite, frêle et déjà oubliée, la silhouette de sa mère. Elle l'appela encore. Il ne lui répondit pas. Il poussa le roncin dans le passage.

Là-bas, au bord de la passerelle, sa mère était tombée à genoux. « Qu'elle prie et pleure, se dit-il avec mépris, moi je vais me battre et venger mon père, mes frères et mon nom. » La lointaine silhouette de femme s'effondra au sol.

Il n'eut pas un regret, pas un mouvement de pitié ou d'inquiétude. Il traversa la muraille de chênes.

***

Perceval atteignit la ligne de crête des montagnes peu avant la nuit. Le roncin était fatigué. Il le mit au pas, mais continua d'avancer. Il n'arrivait pas à se résigner à s'arrêter pour manger et dormir. D'ailleurs, tout à sa fureur et à son désir de partir vers ce que les chevaliers avaient appelé « la mer » et qu'ils lui avaient dit se trouver au sud, il n'avait pas pris le temps de chasser quelque lièvre ou perdrix qui lui aurait fourni son repas. La lune était haute, presque en son plein, le ciel dégagé et chargé d'étoiles. Dans cette nuit d'argent, Perceval distinguait très nettement le sentier suivant la crête.

Tout à coup, dans un creux, il perçut le halo rougeâtre d'un feu. Prudent, il sauta à bas de son cheval. Le guidant par la bride, il s'approcha lentement.

Un homme était assis sur une souche, tournant lentement une broche au-dessus d'un foyer de cinq grosses pierres. Les narines de Perceval palpitèrent; la salive envahit sa bouche. Ça sentait le lièvre rôti et il avait faim. Il s'arrêta à quelques pas.

— Monsieur, qui que vous soyez, je vous demande l'hospitalité.

L'homme mit la main à la garde de son épée et se retourna. Perceval, dans la lueur dansante du feu, reconnut Galehot, le plus jeune des chevaliers qu'il avait rencontrés quelques heures auparavant. Lequel le reconnut également. Écartant les doigts de son épée, il se détendit et dit simplement :

— Je t'offre à dîner, Gallois.

— J'accepte, dit Perceval, mais ne m'appelez pas ainsi.

— Pourquoi? Tu es gallois, non?

— Je le suis et j'en ai toujours été fier. Mais je n'aime pas votre façon de prononcer ce mot.

— Ah, non? Pourquoi?

— On dirait une injure.

Galehot retira la broche des deux fourches sur lesquelles il la faisait tourner.

— Viens t'asseoir, au lieu de dire des sottises. Et rappelle-moi ton nom — de sorte que je n'aie plus à te traiter de Gallois.

— Perceval.

Le jeune homme lâcha la bride de son roncin et vint s'asseoir en face du chevalier. D'un revers de manche, il s'essuya les coins des lèvres. Il avait de plus en plus faim.

— Où sont vos compagnons? demanda-t-il tout en regardant Galehot découper le lièvre avec sa dague.

— Ils ont poursuivi leur route. Mon cheval boite. J'ai dû rester en arrière.

Par-dessus le feu, Galehot lui tendit sa part de gibier. Perceval s'en empara brusquement et, aussitôt, y mordit à pleines dents.

— Tu m'as l'air d'avoir autant d'appétit que d'arrogance, sourit Galehot.

— Qu'est-ce que c'est, l'arrogance?

Le jeune chevalier hocha la tête.

— Quelquefois, une qualité. Le plus souvent, un défaut mortel. Dis-moi, Perceval, que fais-tu si loin de la Forêt Perdue?

— Je vais voir le roi Arthur. Comme ça, je serai chevalier.

Galehot claqua des doigts.

— Comme ça ? répéta-t-il. Tu crois qu'on devient chevalier comme ça ?

Et il claqua à nouveau des doigts.

— Et vous, comment vous êtes devenu chevalier ? répliqua Perceval, la bouche pleine.

— « Comment » est une question sans intérêt. Demande-moi plutôt pourquoi.

Perceval haussa les épaules et mordit férocement dans la viande rôtie.

— Bon, alors, si vous y tenez : pourquoi ?

— Parce que j'ai aimé un chevalier. Il était le meilleur du monde. Invincible.

Perceval cessa soudain de mastiquer.

— Comment il s'appelait ? demanda-t-il. Mordret ? Si c'est lui, moi, je le vaincrai.

Galehot l'examina avec une curiosité amusée.

— Mordret ? dit-il. Non, Mordret n'est pas le meilleur chevalier du monde. Il n'est que le plus dangereux. Le plus redouté. Je ne te parle pas de lui.

— Alors de qui parlez-vous ?

— Tu as raison : je parle, je parle, mais pour ne rien dire. Discutons plutôt de toi.

D'un geste sec, Perceval arracha l'os de la cuisse du lièvre.

— Je sais tout de moi. La conversation serait ennuyeuse. Parlons plutôt des chevaliers. Vous avez déjà participé à des tournois ? Vous les avez gagnés ?

— On gagne, on perd, tu sais... L'important est de jouer.

Perceval ricana.

— Jouer pour perdre, ce n'est pas mon genre ! Moi, quand je ferai des tournois, ce sera seulement pour gagner.

Tout en observant, amusé, le jeune Gallois, Galehot goûta du bout des dents sa part de lièvre.

— Le roi Arthur remerciera le Ciel d'avoir un chevalier comme toi.

N'en ayant ni le tempérament ni l'éducation, Perceval ne comprit pas l'ironie et s'écria :

— Et il aura raison ! Sauf que... C'est quoi, être chevalier ?

— Bonne question. Mais difficile. Disons que c'est avoir quelques droits et beaucoup de devoirs.

Perceval jeta par-dessus son épaule les os du lièvre dont il avait rongé la moindre parcelle de viande. Il avait encore faim. Il désigna du doigt la part de gibier que Galehot avait à peine entamée.

— Vous ne mangez pas ? Vous n'avez pas d'appétit ?

Galehot lui lança son morceau de lièvre. Perceval le reçut habilement dans ses mains ouvertes, y planta ses dents, mâcha lentement et demanda :

— Tous les chevaliers sont comme vous ?

Galehot haussa les sourcils, curieux d'entendre ce que ce petit Gallois inventerait encore comme insolente sottise.

— C'est-à-dire ?

— Eh ben... Vous ne mangez pas grand-chose, vous reconnaissez vous-même que vous parlez pour ne rien dire, et vous êtes si maigre que je suis sûr de vous briser les reins, à la lutte, en moins de temps qu'il ne m'en faudra pour dévorer ce lièvre.

Perceval avala encore quelques bouchées de viande rôtie, attendant que Galehot s'explique. Mais le jeune chevalier ne dit pas un mot, se contentant de le dévisager tranquillement. Agacé, Perceval ricana :

— Alors, je vous insulte, et vous ne réagissez pas ?

— Cela n'en vaut pas la peine. Tu n'es pas chevalier.

— Je suis plus fort que vous.

— Sans doute. Mais, je te le répète, tu n'es pas chevalier. Tu ne peux rien contre moi.

Perceval se dressa soudain sur ses pieds.

— Debout ! s'écria-t-il. On va bien voir !

Galehot se contenta de croiser paisiblement les bras, sans bouger de la souche où il était assis.

— Tu es certain que tu veux devenir chevalier? demanda-t-il. Pour l'instant, je ne vois qu'un petit Gallois colérique, mal embouché, stupide et sans éducation. Le roi Arthur ne te fera jamais chevalier. Tant pis pour toi.

— Je serai chevalier! Et je vais vous briser les reins!

Perceval enjamba le feu et se planta face à Galehot. Mais il est difficile d'affronter quelqu'un qui se contente de vous regarder sous le nez en hochant doucement la tête et en disant, avec une tristesse feinte :

— Tu sais, il suffirait d'un rien pour que tu aies moins l'air gallois... Il y a certaines choses qu'un jeune homme doit savoir avant même de prétendre être adoubé.

— Par le Sang du Christ, dites-les-moi, alors!

Galehot se pencha au-dessus des braises et se frotta les mains, comme pour les réchauffer. Il se sourit à lui-même, décidé à s'amuser un peu aux dépens de ce jeune écervelé. Quelles épreuves allait-il pouvoir lui inventer, et à quel point ce petit Gallois était-il assez stupide pour ajouter foi aux plaisanteries qu'on lui racontait? Galehot réfléchit quelques instants et trouva ceci :

— Je ne te donnerai que la première leçon; les autres, tu les apprendras par toi-même. Écoute bien : les chevaliers rencontrent souvent des demoiselles. Tu en rencontreras certainement, elles aiment les jeunes gens tels que toi, bien faits de leur personne et toujours audacieux. Beaucoup ont besoin de protection, et elles la cherchent auprès des chevaliers. Et des garçons tels que toi, bien sûr.

Perceval, attentif, se rassit près du feu, écoutant de toutes ses oreilles. Galehot l'examina avec un vague sourire, se demanda s'il avait raison de se moquer de lui à ce point, se répondit que, oui, un certain degré de sottise arrogante mérite sa punition, et inventa :

— Ton premier devoir, quand tu rencontreras une demoiselle, sera de te mettre à son service. Une telle attitude te vaudra l'estime de tous.

— Mais ça signifie quoi, « me mettre à son service » ? Et, pardonnez mon ignorance, mais qu'est-ce que c'est, une demoiselle ?

Galehot ne put s'empêcher de sourire.

— Bonnes questions. Une demoiselle est un être comme toi et moi. Ou plutôt comme ta mère, en beaucoup plus jeune. Deux détails te suffiront à en reconnaître une quand tu la verras : elle portera une robe découvrant sa gorge et le haut de sa poitrine.

— Ma mère n'en porte pas.

— Bien sûr. Mais c'est qu'elle n'est plus une demoiselle. Porte-t-elle des cheveux blonds ou bruns, très longs, qui lui descendent jusqu'aux reins, comme une étoffe d'or ou de soie noire?

— Non. Jamais. Ses cheveux sont gris comme un jour de pluie.

— Une demoiselle porte sa chevelure ainsi. Tu ne pourras pas te tromper dès que tu la verras.

Perceval prit un air concentré.

— D'accord. Une robe indécente et des cheveux blonds ou noirs qui lui caressent les reins. C'est ça, une demoiselle?

— Exactement.

— Elle n'a pas honte de se montrer ainsi?

— Non. C'est son allure de demoiselle.

— Et que devrai-je faire quand j'en trouverai une?

— Il faudra d'abord que tu lui prennes un baiser.

Perceval rougit et se tortilla sur place.

— Un baiser?

— Oui. C'est très important, dit gravement Galehot. Si tu ne lui prenais pas ce baiser, elle croirait que tu la méprises.

— Ah, bon?

— En revanche, ce baiser, elle fera semblant de le refuser. C'est la coutume. Ne t'y laisse pas prendre. Embrasse-la de force s'il le faut, elle t'en sera reconnaissante. Après, elle sera tenue de te faire un cadeau.

— Pourquoi ?

— Parce que, dès que tu l'auras embrassée, elle t'aimera. Il faudra donc qu'elle te donne un gage de son amour. Sa bague, par exemple, ou son aumônière.

Galehot releva les yeux vers le jeune homme, qui l'écoutait avec une attention presque douloureuse.

— Je dois t'avertir que les demoiselles n'agissent pas comme nous, qu'elles disent non quand elles pensent oui, qu'elles refusent quand elles acceptent et, par conséquent, que tu devras toi-même leur prendre la bague ou l'aumônière, gage de leur amour pour toi. Tu as bien compris ?

Perceval hocha sérieusement la tête.

— Je crois. Mais une question d'abord : qu'est-ce que c'est, l'amour ?

Galehot fit mine de réfléchir, de peser chaque mot de sa réponse.

— L'amour, dit-il, l'amour d'une demoiselle pour un chevalier ressemble à l'attirance d'une fleur pour la lumière. La demoiselle est la fleur, le chevalier, sa lumière. Elle ne peut se passer de lui et, grâce à lui, elle conserve sa beauté.

Après l'avoir écouté bouche bée, Perceval secoua la tête.

— Je ne comprends rien à ce que vous me dites.

— Parce que je ne suis pas une demoiselle. Quand tu en rencontreras une — et tel que je te vois, si plaisant à l'œil, tu ne tarderas pas à la rencontrer —, elle t'expliquera à sa façon ce qu'est l'amour. Sans doute ne prononcera-t-elle pas ce mot. Et pourtant tu sauras qu'elle t'aime.

Perceval grogna avec un peu d'agacement.

— Je rencontre une demoiselle, je lui prends un baiser, puis sa bague ou son aumônière, et j'apprendrai ce qu'est l'amour. C'est ça?

— À peu près, sourit Galehot que la naïveté du Gallois divertissait de plus en plus.

Perceval haussa tout à coup les épaules.

— Alors, c'est facile.

— Peut-être pas autant que tu le crois.

Perceval demeura un moment les yeux fixés sur les braises. Il réfléchissait. Et c'était un autre sujet d'amusement pour Galehot que de voir ce jeune rustre s'absorber tout entier dans cette activité dont il n'avait pas l'habitude : réfléchir.

— Qu'y aurait-il de difficile à prendre un baiser et une bague à une fille? demanda-t-il enfin.

Estimant qu'il s'était assez diverti, Galehot

s'enveloppa dans sa cape et s'allongea sur le flanc.

— Disons que ce sont les difficultés de l'amour. En discuter ne servirait à rien. Fais-en l'expérience.

Il tira un pan de sa cape contre son visage.

— Dors, maintenant, murmura-t-il. Nous en reparlerons quand tu auras rencontré une demoiselle...

Perceval, heureux de connaître tant de nouvelles choses que ne lui avait pas enseignées sa mère, s'allongea à son tour près du foyer de braises, se dit que les vêtements qu'elle lui avait cousus valaient mieux qu'une cape car il n'avait pas froid et, avant de s'endormir, imagina divers épisodes du merveilleux destin qui, désormais, l'attendait.

***

Au réveil, Galehot avait disparu. Que le jeune chevalier fût parti sans lui faire ses adieux chagrina Perceval et le vexa quelque peu. Puis il se dit que cette manière de se conduire était peut-être une autre coutume de la chevalerie, et il n'y pensa plus. Le filet capricieux d'une source coulait en contrebas de la crête. Il y fit boire son cheval et s'aspergea le visage de cette eau glacée. Il reprit sa route.

Bientôt il quitta le chemin de la ligne de crête pour descendre le long du flanc de la montagne, en direction du sud où il lui avait été dit qu'il trouverait la mer et, par conséquent, Carduel, le château du roi Arthur. La journée d'automne était belle comme un été qui ne veut pas finir. Des nuages blanchâtres, vaporeux, s'effilochaient paresseusement dans un ciel d'un bleu gai. Et l'humeur de Perceval s'accordait à ce temps, à ce ciel, à ce bleu. Vers midi, un lièvre déboula entre les pierres, presque sous les sabots de son cheval. Le jeune homme empoigna l'un de ses javelots courts qui, dans un léger sifflement, rattrapa l'animal et le transperça en pleine course. Il laissa son roncin paître dans une prairie pentue et grasse et alluma un feu où il fit rôtir le gibier.

C'est alors qu'il s'était assis sur une grosse pierre et plantait ses dents dans la viande fumante et parfumée qu'il distingua, à cinq cents pas de lui, en aval, ce qui lui parut une maison de toile, qui ne résisterait pas à un grand vent d'orage. Il plissa les yeux : un homme en sortait, montait sur un cheval et adressait un signe à un autre personnage, qui se tenait à l'entrée de la maison de toile.

L'homme, le cavalier, était vêtu d'un haubert rouge et se coiffa d'un heaume de la même couleur. Quant à l'autre personne, elle portait une robe blanche qui lui découvrait les épaules et une très longue chevelure d'un noir luisant.

— Une demoiselle, murmura Perceval pour lui-même. Voilà une demoiselle telle que sire Galehot me l'a décrite.

Il regarda le cavalier rouge s'éloigner vers l'orée d'un bois, au trot, puis s'y enfoncer et y disparaître. La demoiselle, quant à elle, rentra dans la maison de toile.

Bien qu'excité à l'idée qu'il allait tantôt suivre les conseils avisés de Galehot, Perceval prit néanmoins le temps de dévorer le lièvre rôti. Il y a un temps pour tout : l'un, pour se donner des forces ; un autre, pour rencontrer les demoiselles grâce au baiser desquelles on apprendra l'amour.

Après avoir étouffé son feu et s'être nettoyé les doigts, les lèvres et le menton dans une source, il remonta sur son roncin et descendit dans la prairie vers la maison de toile. Parvenu près de l'entrée, il mit pied à terre. La porte était aussi fragile que l'étrange demeure sur laquelle elle s'ouvrait ; il suffisait d'en repousser les pans. Ce qu'il fit, sans hésiter.

L'intérieur était presque entièrement occupé

par un vaste lit à couverture d'hermine. Il parut à Perceval assez large pour qu'y dorment cinq hommes. Mais n'y dormait qu'une seule personne : la demoiselle. Étendue sur le flanc, ses très longs cheveux noirs déployés comme une parcelle de nuit jetée sur terre en plein jour, elle posait sa joue dans sa main droite ouverte. Perceval songea qu'il n'avait rien vu de plus beau — à part le vol d'un épervier et l'apparition des chevaliers de la veille — que cette demoiselle qui dormait. Et il se dit que la première épreuve qui lui permettrait de devenir chevalier s'annonçait agréable et facile.

Il mit un genou sur le lit d'hermine, approcha lentement son visage de celui de la demoiselle endormie. Son profil avait une délicatesse qui lui rappela les premières feuilles tendres du printemps. Cette blancheur des tiges à peine poussées, comme si elles étaient encore chargées du lait primordial de la nature. Les lèvres, pourtant, étaient rouges, un peu boudeuses dans le sommeil. Rouges comme les baies de la forêt, fraises sauvages ou framboises. Il n'y avait plus à hésiter. Il se pencha et plaqua soudain sa bouche entrouverte sur ces appétissantes fraises de chair.

D'abord, il fut surpris qu'elles n'eussent pas le goût de fraises. Ensuite, de ce que la demoiselle, ouvrant soudain les yeux, s'écartât dans un sursaut et se mît à hurler, tout en rampant à toute vitesse hors du lit et en se réfugiant dans un coin de la maison de toile.

— Ne craignez rien, demoiselle, lui dit-il en souriant et en traversant le lit à quatre pattes. Je ne vous veux aucun mal. Je ne suis venu que vous prendre un baiser.

Les bras peureusement serrés sur sa poitrine, elle recula encore, autant que le lui permettait la toile de la tente. Elle écarquillait les yeux, ses pommettes avaient rougi, et Perceval s'aperçut que ses yeux avaient la couleur des bleuets en pleine floraison, ses pommettes, celle, éphémère, des coquelicots des prés — et pourtant lui paraissaient incomparablement plus beaux que ces fleurs.

Ayant traversé le lit dans toute sa largeur, il se remit debout et fit un pas vers la jeune fille. Elle hurla :

— Sortez ! Partez d'ici immédiatement !

— Ne vous effrayez pas...

— Mon ami va revenir d'un moment à l'autre : il vous tuera s'il vous trouve ici !

Perceval eut un petit rire de moquerie légère.

— Vous voulez parler du cavalier rouge de tout à l'heure ? Ne vous en faites pas : je l'ai vu partir dans la forêt, il ne reviendra pas de sitôt.

Il fit encore un pas. Elle tendit le bras et le doigt, brutalement, nerveusement :

— N'essayez pas d'approcher !

Toujours souriant avec calme, Perceval haussa les épaules.

— Je crois que nous ne nous sommes pas compris, dit-il. Voyez-vous, je suis en route pour Carduel où le roi Arthur va me faire chevalier. Et, comme vous le savez peut-être, je dois me conduire comme un futur chevalier. Donc je dois et je vais vous prendre un baiser.

Elle le considéra comme si elle avait affaire à un fou et s'écria :

— Jamais de la vie ! Sortez de cette tente ! Immédiatement !

Perceval se mit à rire.

— Oui, je sais, demoiselle, vous vous comportez comme vous devez le faire. Et je vous en suis reconnaissant. Vous auriez accepté mon baiser sans vous défendre, il n'aurait pas valu grand-chose. Sire Galehot — c'est un chevalier du roi Arthur — m'a tout expliqué. Vous dites non parce que vous pensez oui, vous vous défendez pour me faire comprendre que vous êtes d'accord.

Elle fronça les sourcils, essayant de démêler ce discours incohérent.

— Un chevalier du roi Arthur? répéta-t-elle. Et c'est lui qui vous a demandé de me... de me prendre un baiser, comme vous dites?

— Oh, pas à vous particulièrement... Il se trouve juste que vous êtes la première demoiselle que je rencontre, c'est tout. Vous ou une autre...

Une idée tout à coup lui traversa l'esprit, et, soudain dubitatif, il demanda :

— Rassurez-moi : vous êtes bien une demoiselle, n'est-ce pas?

Les deux taches sur ses pommettes rougirent davantage — d'indignation.

— Me violenter ne vous suffit pas! Il faut encore que vous m'injuriiez!

Pour la première fois, il sembla mal à l'aise.

— Mais pas du tout... Pas du tout... Je vous interroge, demoiselle, parce que je ne voudrais pas commettre d'impair.

Il avait l'air si jeune et si... — elle ne savait si le terme «naïf» valait mieux que celui de «crétin» — qu'elle reprit ses esprits et eut moins peur. Elle se dégagea du coin de la tente où elle s'était réfugiée et s'approcha du jeune homme — ce qui était aussi une façon de s'approcher de la sortie de la tente et de, peut-être, tenter la fuite.

— Imaginons, dit-elle lentement, que je vous accorde ce baiser. Vous partiriez d'ici aussitôt ?

— Eh bien, si j'ai ce baiser, j'en serai satisfait, sans doute. Mais...

— Mais ?

— Mais, selon sire Galehot, ce baiser, je dois vous le prendre. Alors, si vous me le donnez, comprenez que je me retrouve dans une situation difficile. Est-ce que, pour un futur chevalier comme moi, un baiser donné vaut autant qu'un baiser pris ?

Cette argumentation spécieuse de Perceval finit de rassurer la jeune fille. S'il était fou, c'était d'une folie douce. Ou il était atteint d'une simple crétinerie, ce que ses vêtements de toile grossière prouvaient sans aucun doute : il sortait tout frais, tout neuf, tout sot, d'une quelconque forêt et quelqu'un s'était moqué de lui. Ce qui ne résolvait pas son problème, dans l'immédiat.

— Alors, dit-elle en s'approchant insensiblement de la porte de la tente, je me sentirais terriblement coupable si, à cause de moi, vous ne pouviez devenir chevalier.

— Merci. Je vois que vous me comprenez.

— En effet. Et c'est pourquoi je ne vous donnerai pas ce baiser !

Ces mots à peine prononcés, elle courut vers

les pans ouverts de la tente, vers la prairie, vers sa liberté — sa survie, peut-être.

Mais Perceval courait plus vite qu'elle et la rattrapa. Il la saisit par la taille, la plaqua contre lui — fut étourdi un bref instant par son parfum — et s'exclama :

— Ce baiser, je vais vous le prendre ! Tout de suite !

Et il appliqua sa bouche sur celle de la demoiselle. Il la tenait violemment serrée contre lui, et fut décontenancé quand elle entrouvrit les lèvres et qu'il sentit la pointe de sa langue mêler sa salive à la sienne.

Il s'écarta.

— Vous n'auriez pas dû vous laisser faire ! protesta-t-il.

— Un baiser est un baiser, répliqua-t-elle. Je parie que tu n'avais jamais embrassé personne.

Il la relâcha. Mais elle demeura collée à lui de tout son corps. Cela le troubla. Pourtant, il ne fit pas un pas en arrière. Il n'y songea même pas — et son corps, pas plus que lui.

— Très bien, dit-elle. Tu l'as eu, ton baiser. Maintenant, va-t'en.

— Je ne peux pas.

Il lui prit la main. Il toucha la bague d'or sertie d'un rubis qu'elle portait à l'annulaire.

— Je dois obtenir de vous un gage.

Elle tenta de lui reprendre sa main. Il ne la laissa pas faire.

— Cette bague m'appartient! C'est mon ami qui me l'a offerte. Nous nous marions au printemps prochain.

— Mais non! répliqua Perceval en haussant les épaules. Impossible. C'est moi que vous épouserez. Quand je serai chevalier.

Il lui retira de force la bague à la pierre rouge. Elle se débattit, s'arracha à sa prise et recula de quelques pas précipités.

— Mon ami va vous tuer! cria-t-elle.

Il passa la bague à l'auriculaire de sa main droite.

— Ce cavalier n'est pas fait pour vous. Je suis sûr qu'il ne vous a jamais embrassée comme moi. Laissez-moi le retrouver, je vais vous en débarrasser. Non, ajouta-t-il, ne me remerciez pas.

Sans prendre garde à la façon dont elle le dévisageait — comme s'il était impossible qu'un idiot pareil ait sa place sur terre —, il se dirigea vers la sortie de la tente. Retenant l'un des pans de toile sur son avant-bras, il se retourna vers elle, très content de lui-même.

— Vous avez eu de la chance que nous nous soyons rencontrés, demoiselle. Maintenant, j'ai à faire : le roi Arthur m'attend. Mais j'aimerais connaître votre nom, afin de vous faire venir à la cour, bientôt.

Elle secoua lentement la tête, incapable de croire qu'elle eût pu avoir affaire à un tel imbécile.

— Vous ne le saurez pas, dit-elle avec rancune. Mais sachez qu'on appelle mon ami le Chevalier Vermeil. Rappelez-vous ce nom. Il vous poursuivra jusqu'à votre mort !

Il lui sourit avec indulgence.

— Je vois bien à présent que vous m'aimez.

— Je vous déteste ! Je vous méprise !

— C'est bien la preuve de votre amour. Et vous n'y pouvez plus rien.

Tranquille et fier de lui, il sortit de la tente.

Folle de rage, la jeune fille se jeta sur le lit, y tapa des poings et voulut éclater en sanglots. Mais les larmes ne vinrent pas. Il n'y avait au fond d'elle que cette colère, cette humiliation et l'image insistante de ce grand jeune homme blond comme jamais elle n'avait cru qu'il pût en exister. Si bête. Si insupportable. Si sûr de soi.

Si beau.

2

La prédiction du fou

Perceval poursuivit sa route vers le sud. Il chevaucha plusieurs jours sans rencontrer personne que des paysans occupés aux labours et quelques perdrix et quelques lièvres qui firent l'ordinaire de ses repas.

Un matin, alors qu'il marchait depuis l'aube, une brise fraîche le frappa, l'enveloppant d'une odeur puissante, poisseuse et inconnue. Quelque temps après, il arrêta son cheval au bord d'une falaise.

En bas, et se déployant jusqu'à l'horizon, s'agitait une eau comme il n'en avait jamais vu, une eau soulevée de vagues qui se brisaient, soudain blanches, sur les écueils et sur une courte plage. Le grondement montait jusqu'à lui, accompagné d'embruns au goût de sel. Il devina que cet espace immense et effrayant, gris-vert sous un ciel de pluie, était ce que les chevaliers avaient appelé la mer. Et il sut qu'il parvenait au terme de son voyage, que le château du roi Arthur, Carduel, n'était plus très loin.

Longeant le bord de la falaise, il scruta les alentours, à la recherche d'une grande maison semblable au manoir de sa mère dans la Forêt Perdue. Il aperçut, dans le lointain embrumé par la bruine, ce qui lui parut d'abord des rochers de très haute taille, massifs et gris, surmontés de flèches de pierre qui semblaient vouloir atteindre le ciel. Continuant d'avancer, l'image se précisa, et il dut reconnaître, stupéfait, qu'il ne s'agissait ni de rochers gigantesques ni de longues flèches de pierre, mais simplement de murailles comme il n'en avait jamais imaginé et de tours si hautes qu'il se dit qu'à leur sommet on devait pouvoir toucher les nuages.

Peu après, sur le chemin, il croisa une charrette, conduite par un tout petit homme contrefait au visage et aux mains noirs, vêtu d'une cotte mal taillée dans une toile grossière et sale.

— Qui es-tu ?

— Celui que vous deviez croiser sur votre

route, sans doute, chantonna le petit homme en tirant sur les rênes de son cheval de trait. Tout est écrit d'avance, le bien comme le mal, il n'y a pas de hasard, il n'y a que des rencontres.

Perceval approcha sa monture tout près du siège où était posé le petit homme, dont les pieds battaient comme ceux d'un très jeune enfant.

— Le mal ne t'a pas épargné, lui dit-il. Sinon tu ne serais pas si petit et si laid.

L'autre ricana et, singeant un salut révérencieux, répliqua :

— Le nain vous remercie de vos compliments, Gallois.

— Comment sais-tu que je suis gallois ?

Le nain releva le visage, écarta les narines, fit mine de humer l'air autour de lui.

— Une question d'odeur. Ça sent la sottise, l'arrogance et le petit gibier. Donc le Gallois.

— Tu cherches à m'insulter ? Ton insolence n'est pas à la mesure de ta taille.

— Quand Dieu et la nature vous ont fait comme moi, on est contraint d'exagérer ses défauts et ses vertus. J'avoue que j'ai beaucoup de défauts. Mais une ou deux vertus.

— Je voudrais bien voir ça ! Tu m'as l'air méchant comme la gale.

— Gallois, Gallois, Gallois... feignit de

gémir le nain. Ne m'accable pas... Je pourrais t'apprendre bien des choses...

Ce fut au tour de Perceval de ricaner.

— Ah, ouais ? Donne-moi un exemple, pour voir.

Se massant le front de ses gros doigts courts, le nain sembla réfléchir. Tout à coup, il tendit son index sous le nez de Perceval.

— Je parie que tu vas à la cour du roi Arthur ! Ai-je tort ? Non. Bien que Gallois indécrottable, tu t'es mis en tête de devenir chevalier. Alors, laisse-moi te donner un conseil : méfie-toi de la couleur rouge. Prends garde au vermeil.

Surpris, Perceval répondit :

— J'ai toujours aimé le vermeil. De quoi parles-tu ?

— De ton destin, peut-être ?

— Comment le connaîtrais-tu ?

— Pourquoi ne le connaîtrais-je pas ?

Avant que le jeune homme ait trouvé une réponse, le nain désigna le rubis monté en bague qu'il portait à l'auriculaire.

— Où as-tu volé ça ?

— Je ne l'ai pas volé, répliqua Perceval. C'est un gage d'amour.

Éclatant d'un rire de crécelle, le nain se tapa joyeusement sur les cuisses. Dans son hilarité, il se balançait d'avant en arrière et semblait sur le point de chuter de son siège.

— L'amour ! L'amour, l'amour ! Sais-tu, Gallois ? Je remercie chaque jour le ciel de m'avoir fait si laid : cela m'épargne de tomber dans le piège des demoiselles.

— Quel piège ? Il n'y avait pas de piège. Je lui ai pris un baiser et cette bague, comme je le devais.

Le nain, soudain sérieux, le dévisagea attentivement.

— Sais-tu encore ? Je n'avais pas rencontré de varlet* plus stupide et mieux tourné que toi depuis des années. J'ai oublié le nom du précédent, c'était il y a si longtemps... Mais peut-être n'avait-il pas encore de nom ?... En tout cas, crois-moi : reste comme tu es. Si tu lui ressembles, tu as de l'avenir.

Agacé, décontenancé, Perceval s'apprêta à tourner bride pour mettre fin à cette conversation. Avec une vivacité inattendue, le nain bondit de son siège et saisit le jeune homme par l'avant-bras.

— Écoute-moi, Gallois : tu cherches Carduel, le château d'Arthur ? C'est cette citadelle devant toi. Je pressens que d'amusantes aventures vont avoir lieu dès que ton cheval y posera ses sabots.

Perceval frappa du revers la main du nain pour lui faire lâcher prise.

— Je vais vivre des aventures, certes, et je le pressens mieux que toi. Mais elles seront glorieuses.

Le nain secoua la tête d'un air dubitatif.

— Entre le ridicule et la gloire, il n'y a qu'un espace épais comme un fil. Le fil d'une épée — que tu ne portes pas.

Cela dit, le nain se hissa rapidement sur son siège, reprit les rênes et fit repartir la charrette.

— Adieu, Gallois. Et si tu vois un Chevalier Vermeil, passe au large. Crois-moi. Retourne dans ta forêt. Le bonheur est dans l'ignorance.

Il claqua de la langue. Son cheval partit soudain à vive allure. Perceval, mal à l'aise, regarda s'éloigner la charrette qui brinquebalait.

***

Moins d'une heure plus tard, le jeune homme entrait dans Carduel. Il s'étonna de trouver dans l'enceinte tant de maisons, et si riches, tant de jardins, si fleuris malgré l'automne, une telle foule de marchands et de badauds semblant vivre là comme en un lieu de paix — une paix garantie par les sergents en armes qui se tenaient aux portes de la ville ou patrouillaient dans les ruelles. C'était une ville prospère et gaie.

Il remonta le long des façades, évitant comme il le pouvait les gamins qui soudain traversaient les venelles devant les sabots de son cheval. Une bande d'entre eux lui lança des poignées de boue ou des cailloux en criant des insultes. Perceval ne leur en voulut pas : il avait été lui-même un garnement, et se rappelait les pièges qu'il tendait et les mauvaises farces qu'il inventait quand un cavalier, imprudemment, traversait la Forêt Perdue. Sa mère lui avait enseigné à se défier des étrangers ; il n'avait fait que se soumettre à son éducation. Il était un étranger dans Carduel, il admettait être traité comme tel par des enfants.

Bientôt il parvint en vue de l'imposante entrée du château. Alors qu'il engageait sa monture sur le pont-levis traversant les douves, il vit venir à sa rencontre un chevalier au haubert et aux armes rouges, comme le heaume dont il était coiffé. Il se rappela les paroles du nain et — fut-ce par défi, parce que ces armes vermeilles lui plaisaient ou parce que ce chevalier était l'ami de la demoiselle ? —, il l'interpella au passage :

— Holà, Monsieur ! Vous portez de belles armes.

Surpris, le Chevalier Vermeil arrêta son destrier. Il portait une grande coupe d'or à la main.

— Je suis ravi qu'elles te plaisent, mon garçon, dit-il d'un ton moqueur. Mais je n'ai rien à faire de ton opinion.

C'était un ton dont il ne fallait pas user face à Perceval. Piqué au vif, il en oublia aussitôt les propos du nain.

— Oui, elles me plaisent, dit-il. Elles me plaisent tant que je vais de ce pas demander au roi de me faire chevalier et de me donner vos armes.

Le chevalier éclata d'un rire bref. C'était étrange, ce rire comme jailli de nulle part, derrière ce visage de fer impassible dont, par deux étroites fentes obliques, Perceval ne distinguait que l'ombre des yeux.

— N'hésite pas, mon garçon ! Je viens de voir le roi, de la part de Mordret, mon seigneur et suzerain*. Il m'a semblé si faible et si indécis qu'il a peut-être besoin de jeunes insolents de ta sorte pour échapper au mépris qu'il mérite. Regarde cette coupe d'or : je l'ai prise sous son nez, alors qu'il s'apprêtait à y boire, et ni lui ni ses chevaliers n'ont eu la moindre réaction. Logres, crois-moi, changera bientôt de roi. Je viens de démontrer la faiblesse d'Arthur et de ses hommes.

Perceval ne comprit rien à ce discours, et d'ailleurs s'en moquait. Outre qu'il trouvait que ce chevalier rouge parlait beaucoup trop, un détail seul retint son attention : ce nom qu'il entendait pour la troisième fois.

— Qui est donc ce Mordret? demanda-t-il. Depuis quelques jours je ne cesse d'entendre parler de lui.

— Apprends que Mordret sera bientôt le nouveau roi de Logres. Va le rencontrer, ce sera lui qui t'adoubera. Si tu le mérites. Mais tu parais le mériter : Mordret aime la jeunesse et l'arrogance.

Perceval était un jeune homme aux idées fixes et courtes. Et les seules qui le préoccupaient pour l'instant étaient, dans l'ordre : être fait chevalier par Arthur et tuer au combat ce Chevalier Vermeil dont il prendrait les armes. Tout autre sujet ne l'intéressait pas.

— Je n'ai pas le temps de bavarder. À très bientôt, Monsieur! lança-t-il en talonnant son roncin.

— À tout à l'heure, si tu veux, répliqua le chevalier.

Son rire retentit à nouveau sous le heaume

de fer et, traversant un verger, il se dirigea vers un chemin contournant le village.

À peine entré dans la cour du château, Perceval vit plusieurs écuyers et des sergents converger vers lui. Il les ignora, son cheval bouscula du poitrail deux hommes qui s'étaient placés en travers de son chemin et, avisant la grand-porte de la salle* dont les battants étaient ouverts, il y poussa le roncin.

La salle était d'une taille et d'une hauteur inattendues. De nombreux chevaliers et varlets se tenaient autour de trois longues tables couvertes de plats d'or et d'argent, de viandes et de gibier. Rien de cela n'impressionna Perceval qui, voyant un homme aux épaules puissantes et à la barbe grise s'avancer, sourcils froncés, à sa rencontre, lui demanda :

— Lequel de tous ceux-ci est-il le roi Arthur ? Vous, Monsieur, peut-être ?

— Je m'appelle Ké, et je suis le sénéchal, grogna l'homme. Tout ce qui concerne la vie de la Cour est sous ma juridiction. Qu'est-ce que tu veux au roi ?

— Qu'il me fasse chevalier.

Ké fit une grimace, mi-étonnée mi-méprisante.

— Commence par descendre de ton cheval, dit-il. Nous allons en parler toi et moi.

— Inutile. Je n'ai rien à vous dire. Je viens voir le roi, pas ses domestiques.

Perceval fit exécuter un brusque quart de volte à son roncin pour s'écarter de Ké. Puis il le mena jusqu'à la table principale, où de nombreux chevaliers discutaient avec véhémence, autour d'un homme à la mine sévère qui, assis, ne disait mot, les yeux baissés, ses mains s'entre-frottant nerveusement.

— Il faut rassembler les barons et les vassaux autour de nous, s'exclamait l'un des chevaliers, et nous mettre en marche aussitôt !

— Non, répliqua un autre. Nous devons attendre le retour de Gauvain. Nous ignorons les forces de Mordret. Gauvain nous renseignera.

— Il y a trois semaines qu'il est parti, avec Yvain et les autres, dit un troisième. S'il n'est pas encore revenu, je crains le pire.

— Moi aussi. Ni le duc de Cornouaille ni nos barons des Marches du Nord ne sont ici. Quant aux Saxons*, il paraît qu'ils s'agitent beaucoup, depuis quelque temps, et qu'ils ont formé une assemblée. Ils s'allieront à Mordret : il est capable de toutes les promesses comme de toutes les forfaitures.

— Une chose est certaine, dit le sénéchal Ké, qui, suivant le jeune rustre à cheval, n'avait pu s'empêcher de se mêler à la conversation, nous ne pourrons compter que sur nous-mêmes. La paix a duré trop longtemps, Messieurs. Nous nous y sommes amollis et Mordret le sait !

— Ké, tu as sans doute raison, murmura le roi Arthur gardant le regard tristement baissé sur ses mains qui se malaxaient l'une l'autre. Mais que pouvons-nous faire ? Je ne connais qu'un chevalier capable de battre Mordret. Et il n'est pas parmi vous.

— Lancelot ? s'exclama Ké, avec une lourde ironie. S'il n'est pas mort, il nous a abandonnés. C'était une tête brûlée.

— Ké, je t'interdis de parler de lui de cette manière, dit fermement le roi. Lancelot a affronté Méléagant, contré l'influence mauvaise de Morgane et de Mordret. Qui d'autre l'aurait réussi ? Qui d'autre m'aurait ramené ma reine ?

Ké, au rappel de ces événements dont il était l'un des responsables[2], se renfrogna et grogna dans sa barbe :

— J'aimerais alors qu'on m'explique pourquoi il n'est pas rentré à la Cour obtenir le prix de sa prouesse*. Et pourquoi il est allé jusqu'en Irlande défier des dizaines de chevaliers. Je suis sans doute un vieil âne, Sire, mais cet homme-là était un fou.

2. Voir *Le Chevalier sans nom*.

— Ké, expliqua patiemment le roi, depuis cinq ans j'attends que ce « fou » vienne prendre sa place auprès de moi. Il y a maintenant dix jours que Guenièvre a franchi la mer et est partie pour le Lac. J'espère qu'elle saura convaincre Viviane.

— Sire, vous croyez vraiment que la Dame du Lac délivrera Merlin ?

— Il le faut. Seul Merlin saura retrouver Lancelot. Où qu'il soit. Sinon, dis-moi quel autre chevalier pourra vaincre Mordret avant qu'il ait déclenché la guerre contre Logres ?

Perceval, que cette discussion incompréhensible ennuyait, profita du silence qui suivit cette question pour faire avancer son roncin parmi les chevaliers, les obligeant à s'écarter.

— Il y en a un ! déclara-t-il. Moi.

Arthur leva des yeux étonnés vers le jeune cavalier. Et dut, d'un revers de la main, éloigner le museau de son roncin qui lui frôlait la joue.

— Qui es-tu ?

— Et vous ? répliqua paisiblement Perceval. Vous êtes celui qu'on appelle le roi Arthur ?

Ké et plusieurs chevaliers firent mine de se jeter sur l'impoli. Arthur, d'un signe, les arrêta.

— On m'appelle Arthur, en effet. Et je suis

roi. Mais, toi, tu n'as pas répondu à ma question.

— On m'appelle Perceval. Et je suis gallois. Je chevauche depuis plusieurs jours afin que vous me fassiez chevalier.

Arthur, qui avait estimé d'un coup d'œil l'orgueil du jeune homme, ironisa paisiblement :

— Dans ce cas... Je présume que tout l'honneur est pour moi ?

— Je ne sais pas encore ce qu'est un chevalier, mais, qui que soit ce Lancelot dont vous parlez sans cesse, vous n'en aurez pas de meilleur que moi, faites-moi confiance !

— Eh bien... Tu parais très convaincant...

Perceval eut une moue agacée.

— Je ne cherche pas à vous convaincre, roi Arthur. Je sais ce que je vaux. Faites-moi chevalier. Je suis venu pour ça.

Une telle insolence était plus que rare à la Cour : elle était inattendue. Arthur, que les soucis du pouvoir et d'une guerre qui s'annonçait contre Mordret rendaient mélancolique, y trouva le réconfort de l'amusement. Feignant le plus grand sérieux, il considéra ce jeune rustre à cheval qui paradait face à lui.

— Je veux bien te faire chevalier. Tu sembles en avoir l'étoffe. Mais... il te manque les armes.

— Les armes ? J'ai des javelots !

— Oui, je le vois. Seulement, les armes d'un chevalier, ce sont une armure, un heaume, un écu...

— Un haubert ?

— Euh... Et un haubert, en effet. Enfin... tout ce qu'un varlet apporte pour être fait chevalier.

— J'ai ces armes.

— Où donc ?

— J'ai rencontré, venant vous voir, un chevalier aux armes vermeilles. Je les lui prendrai.

— Tu... les lui prendras ?

— Je l'en ai averti. Il n'en sera pas surpris.

— Tu l'en as averti ? Ah... Très bien...

— Oui, s'impatienta Perceval qui ne comprenait pas que le roi se moquait de lui. Il avait d'ailleurs à la main une coupe d'or qu'il vous a volée sous le nez. Il me l'a dit lui-même.

Le roi, surpris, battit vivement des paupières.

— C'est vrai, dit-il. Je m'apprêtais à y boire. Il l'a saisie brusquement, et le vin s'en est répandu sur la table.

— Et vous l'avez laissé partir ?

Arthur hocha la tête.

— Figure-toi qu'un roi, plus souvent qu'un chevalier, doit savoir supporter les offenses.

— Je suis donc fait pour être chevalier !

triompha Perceval. Les offenses, moi, je ne les supporte pas ! Me donnez-vous les armes de ce chevalier vermeil ?

Arthur haussa les épaules.

— Si tu es capable de t'en emparer...

— C'est comme si je les avais déjà !

Cela proclamé, Perceval fit volter son roncin et quitta, au trot rapide de son cheval, la salle où les chevaliers, les varlets, les écuyers et les demoiselles se demandaient encore quel était ce petit Gallois.

À ce moment, on entendit un rire, un grand rire clair et frais. Tout le monde se tourna vers Enide, car c'était le nom de celle qui avait ri. Et tout le monde s'en étonna : il y avait plus de dix ans qu'Enide n'avait pas ri.

— Que t'arrive-t-il ? grogna Ké.

— Il m'arrive que je viens de voir sortir d'ici un jeune homme qui sera un chevalier comme personne jamais n'en a rencontré !

— Sottises !

— Je le sais, je le sens, j'en suis sûre.

— Merveille ! cria alors une autre voix, nasillarde et comique. Merveille ! Le royaume est sauvé !

C'était Daguenet, le fou de la Cour. Dans son costume chamarré, il dansait absurdement devant la cheminée, mimant la plus grande joie, les clochettes de son tricorne agitant leur son aigrelet.

— Rappelez-vous ma prédiction ! Depuis des années je vous le répète : Enide rira le jour où elle verra celui dont la prouesse de chevalier éclipsera toutes les autres !

Et la jeune fille rit à nouveau.

— Écoutez ! Écoutez-la ! clama le bouffon.

Furieux, Ké s'avança brusquement et la gifla.

— Tout ça n'a aucun sens ! Cesse de rire !

Elle porta la main à sa joue, rougie par le coup, mais n'en continua pas moins de sourire. Daguenet dansa de plus belle devant la cheminée.

— Je vous l'avais prédit ! Je vous l'avais prédit !

— Foutaises et parleries de fou ! grinça Ké et, des deux mains, il bouscula brutalement le bouffon qui trébucha, partit en arrière et s'affala les fesses dans le feu.

— Ké, ça suffit ! s'écria le roi Arthur. Modère tes humeurs, tu m'agaces, à la fin !

Daguenet jaillit hors de l'âtre en poussant de grands cris et s'enfuit en tapant furieusement ses fesses pour y éteindre les flammèches qui avaient pris à son costume. Personne n'osa rire : Arthur avait élevé la voix et Ké, conscient tout à coup de s'être une fois de plus laissé aller à sa nature belliqueuse, baissait piteusement la tête.

— Pourquoi, *pourquoi* joues-tu toujours le vieil âne, Ké?

— Désolé, Sire...

Le sénéchal haussa les épaules.

— Je suis comme ça...

***

Cependant, Perceval avait quitté le château. Il vit un groupe de cinq chevaliers remonter la grand-rue. Sans s'en préoccuper, il traversa un verger, passa une poterne et, plus loin sur le chemin, il vit le Chevalier Vermeil qui, la coupe d'or à la main, semblait l'avoir attendu. Le jeune homme, en revanche, n'aperçut pas le varlet, du nom d'Ivonet, qui, prenant des raccourcis, l'avait suivi et rejoint, et, installé aux premières loges sur un mur, s'apprêtait à assister à la rencontre du petit Gallois aux hardes de forestier et du chevalier aux armes rouges. Ivonet était connu pour tout savoir de la vie de la Cour, anecdotes et ragots. Il n'allait certes pas se priver du spectacle — et, plus tard, du récit — de cette confrontation.

— Écoutez-moi bien, Monsieur! s'écria Perceval dès qu'il fut assez près du Chevalier

Vermeil. Quittez immédiatement vos armes et déposez-les !

Le rire du chevalier retentit sous son heaume.

— Pour quelle raison, peux-tu me le dire ?

— Parce que c'est avec vos armes que le roi Arthur me fera chevalier. Donc, dès à présent, elles m'appartiennent.

— Arthur n'a donc plus que de petits Gallois de ta sorte à envoyer au jugement* ?

— J'ignore, Monsieur, ce qu'est un jugement, et je m'en moque. Descendez de cheval et donnez-moi vos armes ainsi que la coupe d'or que vous avez volée au roi. Cela vaudra mieux pour vous.

Le chevalier laissa passer un silence, tout en empoignant sa lance d'une main et en serrant la bride de son destrier de l'autre.

— Sais-tu, dit-il enfin, que je n'ai jamais vu de ma vie plus bête et plus présomptueux que toi ?

— Je vous renvoie votre réplique, Monsieur. Je comprends mal que vous préfériez être tué que de m'obéir.

Il tendit son poing où brillait le rubis monté en bague qu'il avait pris à la demoiselle.

— Votre amie m'a donné ce gage. Et, j'allais oublier : elle m'a donné un baiser, aussi. Le rouge de cette pierre et de ses lèvres m'ont fait naître l'envie du vermeil de vos armes.

Aveuglé par la rage, le Chevalier Vermeil éperonna tout à coup son destrier.

— Par Dieu, tu mérites une leçon !

Il se jeta, lance en avant, sur le jeune Gallois. Lequel n'eut que le temps de faire dégager son cheval sur le côté. La lance, néanmoins, le frappa à l'extrémité de l'épaule. Il poussa un cri de douleur.

— Vous m'avez fait mal ! s'exclama-t-il avec indignation.

Il tira vivement un javelot de son carquois et fit volter son roncin. Le chevalier, embarrassé de son armure et de sa lance, mit plus de temps à replacer sa monture face à son adversaire.

— Vous avez eu tort, Monsieur, lui dit simplement Perceval. Je ne voulais que vos armes.

Le Chevalier Vermeil n'eut pas le temps de répliquer. Le javelot jaillit de la main du jeune homme et, sans même en ébrécher les bords, s'enfonça dans la fente de la visière du heaume. Il se planta dans l'œil gauche du chevalier, lui traversa le crâne et sa pointe rejaillit, rouge et blanche de sang et de cervelle, transperçant l'arrière du casque.

Un instant, le Chevalier Vermeil resta en

selle, comme foudroyé. Puis sa main droite lâcha la lance, sa main gauche la bride. L'homme chuta lourdement au bord du chemin, dans un bruit de métal entrechoqué.

— Je vous avais averti, Monsieur, soupira Perceval en descendant de sa monture.

Il s'approcha du chevalier, empoigna la hampe du javelot qu'il arracha d'un coup sec et jeta sur le talus. Puis il se pencha sur le mort et voulut lui prendre son heaume. Mais il eut beau tirer, pousser, impossible de le dégager de l'armure. Il renonça, provisoirement. Il avisa l'épée ceinte à la taille du chevalier. Il en empoigna le fourreau et le secoua dans tous les sens. Sans succès. Cette épée qu'il convoitait demeurait indéfectiblement attachée à son propriétaire. De dépit, il jura :

— Par Dieu et tous les saints ! Ces armes ne veulent pas quitter le mort !

Il entendit alors un rire d'adolescent. Il leva la tête. Ivonet, juché sur le mur, lui lança :

— Voulez-vous que je vous aide ?

Perceval le considéra avec agacement.

— Comment le pourrais-tu ? Je crois que ce chevalier est sorti tout armé du ventre de sa mère. Pour les lui prendre, il faudrait le découper en tranches !

Ivonet, après un autre éclat de rire, sauta

souplement sur le chemin. Il rejoignit le jeune Gallois.

— Laissez-moi faire.

Haussant les épaules, Perceval s'écarta. Le varlet se pencha sur le mort et, en quelques gestes précis, lui retira son épée, son heaume et ses jambières. Il réclama l'aide de Perceval pour défaire l'armure et le haubert.

— Vous voyez? C'était simple, conclut-il quand il eut déposé chacune des armes sur le talus.

Vexé, Perceval ne répondit pas. Mais, quand il vit que le varlet commençait à déshabiller le cadavre, il demanda :

— Que fais-tu?

— Cette tunique de soie est magnifique et vous irait mieux que vos hardes.

— Quoi? s'indigna Perceval. Tu voudrais que j'échange les habits chauds et solides que ma mère a cousus contre cet accoutrement de demoiselle? Tu te moques de moi?

— Loin de moi cette idée, répondit prudemment Ivonet, comprenant qu'il valait mieux ne pas discuter les opinions de ce fou de Gallois.

— Alors, aide-moi plutôt à revêtir tout cet attirail.

Ce qui fut fait en peu de temps. Ivonet était depuis ses douze ans au service de plusieurs chevaliers de la Cour et les avait vêtus et dévêtus de leurs armes des centaines de fois, en temps de tournoi ou de bataille.

Alourdi par la cuirasse et le haubert, la démarche entravée par les jambières de métal, Perceval fit quelques pas chancelants, maladroits, faillit perdre l'équilibre. Ivonet cacha derrière sa main son sourire moqueur. Puis il apprit au Gallois, d'abord que l'épée et son fourreau étaient deux choses distinctes, ensuite comment tirer cette épée de ce fourreau. Perceval exécuta quelques brusques moulinets ; Ivonet recula prestement, pour se mettre hors de portée.

Après quoi, Perceval rangea soigneusement l'épée, ramassa la coupe d'or qui avait roulé sur le chemin et la tendit au varlet.

— Va la rendre de ma part au roi Arthur. Et dis-lui qu'il n'a plus à s'inquiéter de Mordret. Je m'en occupe.

Il saisit la bride du destrier qui avait appartenu au Chevalier Vermeil.

— Je te fais cadeau de mon roncin. Tu verras, c'est une bête excellente.

Il mit un pied à l'étrier, s'immobilisa soudain, dévisageant Ivonet qui le considérait les yeux écarquillés et un large sourire aux lèvres.

— Qu'as-tu à me regarder de la sorte ? Je te fais rire ?

— Certes pas, Monsieur ! Certes pas... Vous... C'est que, voyez-vous, je n'avais jamais rencontré de ma vie quelqu'un comme vous...

Perceval hésita un instant, décida de prendre cela pour un compliment et se hissa en selle.

— Adieu ! lança-t-il. Préviens le roi que, lorsque je reviendrai, je lui apporterai la tête de ce Mordret !

— Comment le trouverez-vous, Monsieur ?

— Peu importe comment. Je remonte vers le nord. Et je le trouverai.

Ivonet demeura sur le chemin jusqu'à ce que la silhouette du cavalier ait disparu derrière des arbres. Il n'en revenait ni de ce qu'il avait vu ni de ce qu'il avait entendu. Il repartit en courant vers le château. Il allait en avoir à raconter, tout à l'heure !

***

Il y avait grand remue-ménage dans la salle du château. Entre-temps, les cinq chevaliers que Perceval avait entrevus étaient rentrés de leur mission, et chacun s'était précipité pour les accueillir. Fendant la foule d'un pas pressé, Gauvain fit l'accolade au sénéchal Ké, salua quelques dames et alla au-devant du roi.

— Quelles nouvelles, mon neveu? lui demanda Arthur.

— Aucune qui vous fera plaisir. Nous avons perdu la trace de Mordret.

Le roi baissa un front soucieux.

— As-tu rencontré quelques-uns de nos vassaux?

— La plupart avaient quitté leurs terres. Nul n'a su ni voulu nous dire où ils s'étaient rendus. Mais une chose est certaine : ils sont allés rejoindre Mordret. Et, à l'heure qu'il est, je les crois en train de comploter avec lui et de se partager d'avance le royaume.

— Les chiens! jura le sénéchal.

Arthur leva lentement la main.

— Nous ne savons pas ce qu'il ressortira de cette rencontre. Rien n'est sûr encore : certains d'entre eux me resteront fidèles.

Gauvain fit une moue.

— Espérons-le, Sire.

À ce moment, Ivonet rentra précipitamment dans la salle. Essoufflé, frémissant d'excitation, il déboula parmi les chevaliers. Yvain retint l'adolescent au passage.

— Eh bien, varlet! se moqua-t-il. On dirait que le diable est à tes trousses!

— Ce ne serait rien, Monsieur, à côté de ce que j'ai vu!

Ivonet se tourna vers le roi et, les yeux brillants, s'adressa à lui, en lui tendant la coupe d'or qu'il tenait à la main.

— Il a tenu parole, Sire ! J'aurais voulu que vous soyez là quand il a défié le Chevalier Vermeil !

— Mais de quoi me parles-tu ? répliqua le roi qui, tout au souci des nouvelles que lui apportait Gauvain, avait oublié le jeune rustre, son orgueil, sa sottise et son cheval.

— Du Gallois, Sire ! Du Gallois qui vous a demandé les armes du Chevalier Vermeil et qui est allé s'en emparer sur-le-champ !

— Comment cela ? s'étonna le roi. Tu prétends qu'il a poussé la bêtise jusqu'à demander ses armes à ce chevalier ? N'a-t-il donc pas compris que je plaisantais ?

— Sire, je ne crois pas qu'il sache ce que plaisanter veut dire. Le Chevalier Vermeil s'en est aperçu, qui l'a payé de sa vie ! Le Gallois, d'un seul coup de javelot sous la visière, l'a tué net.

Intrigué, sourcils froncés, Gauvain s'approcha d'Ivonet.

— Dis-moi : ce Gallois dont tu parles, il avait donc des javelots ?

— Oui.

— Et comment était-il vêtu ?

— Comme un vagabond de la forêt. Figurez-vous, Monsieur, qu'il a refusé de changer ses hardes contre la tunique de soie de sa victime !

— A-t-il dit son nom ?

— Perceval ! répondit la voix d'Enide, au fond de la salle.

Puis on l'entendit rire aux éclats.

— Perceval ! répéta en écho la voix nasillarde du bouffon, qui bondit face au sénéchal Ké et lui fit une révérence grotesque. Très grand seigneur, voilà la première et la moindre des prouesses que je vous avais prédites !

— Tais-toi donc !

Ké frappa un large coup... qui se perdit dans l'air, Daguenet l'ayant habilement esquivé.

— Très grand seigneur, permettez à un pauvre fou une petite prédiction qui vous est toute personnelle...

— Vas-tu te taire, à la fin !

Le bouffon, se déplaçant tel un singe, fila se mettre à l'abri derrière Gauvain.

— Très grand seigneur, vous n'auriez jamais dû gifler cette demoiselle qui disait vrai. Perceval vous le fera payer avant quarante jours. Il vous brisera le bras droit entre le coude et l'épaule. Et, très grand seigneur, vous en perdrez l'usage pendant la moitié d'une année.

— Je vais te...

— Et je serai remboursé, moi aussi, du coup

que vous m'avez donné et du feu qui m'a brûlé le cul!

— Bougre de...

Ké se précipita en avant, se heurta à Gauvain qui le retint fermement par l'épaule tandis que Daguenet s'enfuyait en poussant des cris de poule effrayée.

— L'âge ne vous tiédira donc jamais le sang, dit Gauvain au sénéchal qui se dégageait avec mauvaise humeur.

— Ni ne lui éclaircira la cervelle, renchérit le roi. Ké, comprends-tu ce que tu as fait?

Le vieux sénéchal haussa les épaules en bougonnant dans sa barbe.

— Je me moque bien des foutaises d'un bouffon...

— Ké, reprit patiemment le roi, il ne s'agit pas de mon fou. Il s'agit de ce jeune Perceval. Tu l'as si mal accueilli qu'il n'est pas revenu ici après avoir terrassé le Chevalier Vermeil. Il se proposait d'être mon chevalier, pourtant.

— Pardon, Sire, mais il n'en avait pas l'air...

Soudain, Arthur se dressa et cogna du poing sur la table. Il avait pâli de colère.

— Et s'il devient mon ennemi, de quoi, toi, auras-tu l'air?

Ké rougit violemment et baissa la tête, grommelant des mots incompréhensibles.

Gauvain lui tapota l'épaule, comme pour le réconforter, et se tourna vers le roi.

— Donnez-moi congé, Sire. Je veux dès maintenant retourner dans mon fief.

— Neveu, tu ne vas pas m'abandonner dans ces circonstances ?

— Sire, je ne vous abandonne pas. Nous ne pouvons pour l'instant qu'attendre et préparer nos forces. Je vais m'y employer de mon côté. Je sais désormais que rien n'est perdu pour nous. Grâce au sénéchal.

Ké et le roi eurent la même réaction de surprise. Gauvain sourit, tapota encore l'épaule du vieux sénéchal et ajouta :

— Les plus flagrantes maladresses de Ké sont en fait des signes de la Providence.

— Ah, bon ? fit le sénéchal, abasourdi.

— Mais oui, Ké. Sans vous, nous ne serions pas ce que nous sommes.

Et, sur ces paroles énigmatiques, Gauvain salua le roi Arthur et quitta la salle. Il se sentait plus léger, plus sûr de lui, plus déterminé qu'il ne l'avait été depuis cinq ans. Depuis qu'il avait rencontré Lancelot et, presque aussitôt, perdu cet ami et ce chevalier incomparables.

Le temps restait clair, malgré l'automne. Le V frémissant d'un vol d'oies sauvages traversait le ciel, très loin au-dessus des jardins de

Carduel. Gauvain alla aux écuries choisir le roncin le plus vigoureux et le plus endurant. Les écuyers le harnachèrent, tandis qu'il songeait à ce petit Gallois qui l'avait pris pour un archange et à cette silhouette, au bord de la mer, dans la neige, que lui aussi avait prise pour un ange, il y a si longtemps...

3

L'ambassade

Après avoir longtemps voyagé, la reine Guenièvre parvint au Lac. Un vieil homme maigre et renfrogné qui, s'étant incliné, se présenta sous le nom de Caradoc conduisit Guenièvre et son escorte sur les chemins menant au château de Viviane. Ce fut assez surprenant de le voir s'enfoncer tranquillement sous les eaux du Lac. Plus surprenant encore quand Guenièvre, après une hésitation, talonna son palefroi et l'obligea à pénétrer à son tour sous la surface brillante et grise, comme si elle allait s'y noyer. Mais on vit l'eau s'écarter, s'ouvrir à son passage, et quand, au moment où sa tête allait être avalée par l'illusion du Lac, elle tourna le visage et dit : « Suivez-moi », les hommes de son escorte obéirent.

L'eau d'illusion les frôla comme une brume. À peine eurent-ils avancé de quelques pas, elle s'évanouit, laissant place à une lumière vive et douce à la fois, la lumière d'un printemps perpétuel. Les arbres fruitiers étaient en fleurs ; des pâquerettes jonchaient les prairies qui descendaient en pente abrupte vers le fond d'une vallée où coulait une rivière, autour de laquelle des maisons et un château de pierre grège étaient bâtis. Tout cela donnait un sentiment de paix et d'harmonie.

Guenièvre trottait en tête, au côté du chevalier Erec. Elle se contraignait à dissimuler son émotion : ce lieu idyllique et calme, songeait-elle, avait été celui où avait grandi Lancelot. Toute la maîtrise de soi qu'elle avait apprise comme princesse destinée à régner, puis comme reine de Logres, lui faisait soudain défaut : son cœur battait trop vite, ses joues naturellement pâles avaient rougi, elle respirait avec difficulté. Depuis combien d'années n'avait-elle plus vu Lancelot ? Elle ne voulait pas les compter, y songer. Elle se sentait coupable. Coupable de lâcheté. Pis : coupable de trahison. Quelle aurait été sa vie si elle avait eu foi en Lancelot plutôt qu'en les mensonges d'un miroir magique où elle avait cru assister à sa nuit d'amour avec une autre jeune fille [3]? Une vie d'opprobre, certes, une vie à l'écart du monde. Mais aussi une vie d'amour. Qu'y avait-il de plus important? Le respect des chevaliers et du peuple de Logres — qu'elle avait conservé — ou l'amour fou du meilleur chevalier du monde — qu'elle avait méprisé? Depuis dix ans que Lancelot avait disparu, elle se posait la question.

Agacée par ses propres pensées, et leur inutilité, Guenièvre frappa le flanc de son cheval et demanda au vieux Caradoc qui marchait devant elle :

— Serons-nous bientôt arrivés?

— Vous êtes ici, Madame. Remerciez Viviane de ne pas vous avoir noyée quand vous entriez dans le Lac.

— Pourquoi l'aurait-elle fait?

Caradoc s'arrêta sur le chemin, à peu de distance d'un pont-levis abaissé sur la rivière. Il se retourna et regarda la reine droit dans les yeux.

— Dame Viviane a aimé Lancelot.

Blessée, et furieuse du regard de reproche que lui lançait le vieux précepteur, Guenièvre répliqua :

— Et moi, je ne crois pas l'avoir détesté.

3. Voir *Le Chevalier sans nom*.

Caradoc s'inclina avec ce qui parut à Guenièvre de l'ironie.

— C'est toute la différence entre Dame Viviane et vous, reine Guenièvre : ses sentiments sont entiers.

— Prétends-tu que les miens... ?

— ... sont les sentiments de l'épouse d'Arthur. Ils sont forcément mitigés.

— Je n'aime pas tes sarcasmes, précepteur. Que veux-tu dire ?

— Lorsque Lancelot ne s'appelait encore que Lenfant et que j'étais son maître, il me battait chaque soir aux échecs. Sa stratégie était simple et complexe à la fois : il fondait son jeu sur celui de sa reine. Une reine manœuvrière et sans audace mais qui vainquait toujours.

Guenièvre tira si fort sur la bride que son cheval, surpris, se cabra à demi.

— Qu'insinues-tu ? Que je serais cette reine ? Est-ce là le portrait que tu ferais de moi ?

— Madame, vous seule savez, je l'espère, si j'ai dit vrai ou ai parlé en l'air.

Après quoi, Caradoc, d'un pas plus martial qu'on n'aurait pu l'attendre d'un si vieux et si raide personnage, franchit le pont-levis.

***

— Que voulez-vous ?

Viviane se tenait à contre-jour de la fenêtre. Elle avait vieilli comme un fruit se dessèche : son visage, sans rien perdre de ses proportions, était marqué de longues et profondes rides entre les yeux, sur le front et au coin des lèvres.

— Je suis venue chercher Merlin, dit Guenièvre.

Viviane éleva d'un coup la main, doigts ouverts. Une légère brume, semblable à celle du lac d'illusion, estompa son visage. On n'en discerna plus que les quelques lignes de force, qui lui rendaient une apparence de jeunesse et de beauté.

— Merlin m'appartient, répondit-elle.

Guenièvre, qui n'avait besoin d'aucun artifice pour paraître jeune et belle — le temps, mystérieusement, semblait n'avoir pas de prise sur elle —, comprit confusément que c'était là son avantage sur la fée. Elle lui sourit et s'approcha jusqu'à dissiper l'illusion de brume dissimulant les traces du temps sur la figure de Viviane. Elle avait décidé de parler clair, de ne rien cacher de ses véritables sentiments. Elle avait longtemps menti au roi, son mari, certes — et à elle-même. Mais, tandis qu'elle accomplissait ce long voyage, elle avait décidé que seule la franchise la plus grande, et la plus dangereuse pour elle-même, viendrait à bout de la détermination de la Dame du Lac.

— Voilà une affirmation que je n'oserais pas, ni au sujet d'Arthur ni à celui de Lancelot. Ce sont les deux hommes que j'aime ; aucun ne m'appartient.

Surprise que Guenièvre ose avouer d'emblée son amour pour Lancelot, Viviane plissa les yeux et la dévisagea.

— Vous avez juré fidélité à Arthur, dit-elle. J'ignore s'il vous appartient : *vous* lui appartenez.

— Je n'appartiens qu'à moi-même, répliqua Guenièvre. Je me donne, ou me prête, à qui l'a mérité et me plaît.

— Cent fois, Lancelot vous a « méritée », comme vous dites. Vous ne vous êtes jamais ni donnée ni prêtée à lui.

— J'avais été trompée sur ses sentiments.

— Et après ? Vous avez trop d'orgueil pour avoir assez d'amour !

Viviane avait crié ces derniers mots. Consciente de s'être laissé emporter, elle ferma les yeux, reprit la maîtrise d'elle-même et soupira longuement. Cependant, Guenièvre s'était encore approchée, et lui toucha délicatement le bras.

— Je ne suis pas votre ennemie, Viviane. Je ne suis pas non plus votre rivale. Vous saviez, depuis toujours, que Lancelot devait m'aimer. Il m'a aimée. Et je l'aime, moi aussi. En l'avouant, je me mets à votre merci. En l'avouant, je vous donne tout pouvoir sur moi. Viviane, ajouta-t-elle en lui prenant doucement la main, vous avez raison : j'ai été stupide et orgueilleuse. Mais, croyez-moi, depuis des années et des années, je suis punie de ma bêtise et de mon orgueil. Depuis des années — des années, Viviane... —, il ne se passe pas une seconde où je ne pense à Lancelot, où je ne me reproche mon manque de confiance en lui qui nous a séparés avant même que...

Deux larmes se formèrent au coin des yeux de Guenièvre et roulèrent lentement sur ses joues.

— Tant d'années ont passé, Viviane... Délivrez Merlin. S'il vous plaît.

— Pourquoi?

— Lui seul pourra retrouver Lancelot s'il est encore vivant.

Viviane dégagea doucement sa main de celle de la reine. Préoccupée, elle marcha dans la pièce, les yeux perdus dans le vague. Enfin, elle se retourna vers Guenièvre.

— Très bien. Rendons sa liberté à Merlin.

Guenièvre, émue, joyeuse, fit un pas vers la Dame du Lac. Qui l'arrêta d'un geste.

— Je veux d'abord que vous me fassiez une promesse.

Décontenancée, la reine joignit ses mains sur sa poitrine, les frotta un instant, et finit par dire :

— Quelle que soit cette promesse, Viviane, je la tiendrai.

La fée s'avança, ses yeux clairs rivés à ceux, tout aussi bleus, de Guenièvre. Quand elles furent face à face, presque visage contre visage, Viviane énonça d'une voix ferme :

— Si Merlin le retrouve et le ramène — et je ne doute pas qu'il y parviendra —, Lancelot devra faire son œuvre de chevalier. J'entends par là qu'il aidera le roi Arthur dans sa guerre contre Mordret et les vassaux félons.

— Bien sûr, Viviane. Il le fera. Vous ne pouvez pas en douter.

La Dame du Lac l'examina lentement : le front, les yeux, la bouche. Les yeux, à nouveau.

— Lancelot fera son devoir de chevalier de la Table Ronde. Il ne vous touchera pas. Et vous ne le toucherez pas. Promettez-le-moi.

— Viviane...

— Si jamais vous posiez la main sur lui, ou

si jamais vous le laissiez poser la main sur vous, notre pacte ne tiendrait plus.

— Viviane... Pourquoi m'en voulez-vous ? Que vous ai-je fait ? Vous saviez avant moi que Lancelot m'aimerait. De quoi, alors, suis-je coupable ?

— Par votre faute, Guenièvre, Lancelot n'a pas été l'Élu.

— L'Élu... ? De quoi parlez-vous ?

— D'intérêts qui vous dépassent, reine éternellement jeune...

La Dame du Lac agrippa soudain Guenièvre par l'épaule, crochant ses ongles dans la peau blanche de la reine.

— Regardez mon visage. Regardez mes rides. Elles me sont venues depuis que Mordret s'est allié aux Saxons, depuis que Logres risque de passer sous leur joug. Comprenez-vous pourquoi ? Non, vous ne comprenez rien : vous êtes amoureuse !... Laissez-moi vous expliquer : ce monde, dont Arthur est le garant et le défenseur, s'effondrera si Mordret est vainqueur...

Les ongles de Viviane s'enfoncèrent si fort dans l'épaule de Guenièvre qu'elle saigna. Mais la reine, fascinée par le visage fripé et violent de la fée, ne bougea pas, sentit à peine la douleur. Viviane se pencha tout à coup à l'oreille de Guenièvre et lui murmura :

— Nous sommes pareilles, vous et moi : nous ne voulons pas vieillir et nous aimons Lancelot. Et pourtant nous sommes très différentes : à cause de vous, de votre amour pour lui, notre monde risque de basculer, de mourir. Or, grâce à moi, grâce à mon amour pour lui, Lancelot peut sauver ce monde — et nous sauver toutes deux, ma belle. Je vieillis à la vitesse où meurt ce monde. Mais vous, vous n'aurez pas même le temps de vieillir : vous disparaîtrez, tout simplement. Vous disparaîtrez dès que ce monde et Arthur mourront...

Viviane relâcha soudain l'épaule nue de Guenièvre et recula de quelques pas, vivement. Il y avait tant de rides sur son visage qu'elle aurait pu avoir mille ans. La reine, le cœur battant trop vite, ferma les yeux.

Elle entendit un bruit de frôlement. Elle rouvrit les paupières. Viviane avait recouvré son allure coutumière, celle d'une dame qui avait été belle et restait altière.

— Allons voir Merlin, dit la fée.

Alors le mur, au fond de la pièce, s'ouvrit sur l'amorce d'un escalier.

***

Ce jour-là, dans sa prison d'air aux tréfonds des souterrains du château, Merlin ne se divertit pas à changer d'apparence au gré de ses humeurs. Quand il vit la reine Guenièvre accompagner Viviane, il sut que l'affaire était sérieuse et que l'heure, enfin, était venue. L'heure de retourner dans le monde réel et d'y agir sur les événements et les hommes.

Ainsi n'apparut-il à Guenièvre ni en sage vieillard à barbe blanche ni en jeune homme séduisant et moqueur, mais tel qu'il était, quand il consentait à son aspect le plus apparemment humain : un homme d'une quarantaine d'années, très brun, grand et fort, au visage sévère. Il y avait près de cinquante ans qu'il feignait d'en avoir quarante, c'était sa façon la plus simple de paraître lui-même.

— Auriez-vous été vous aussi enfermée dans une prison d'air, Guenièvre? demanda-t-il quand les deux femmes se furent approchées de l'extrême limite après laquelle elles ne pouvaient plus faire un pas : un mur invisible isolait Merlin dans un semblant de clairière où coulait un ruisseau près d'une cabane.

— Pourquoi? demanda la reine. Ai-je l'air d'une prisonnière?

— Vous avez l'air exactement de la jeune fille que j'ai présentée à Arthur, il y a... si longtemps. Aussi jeune. Aussi belle.

— Vous me flattez.

Merlin franchit le ruisseau d'un bond tranquille et s'approcha.

— Je vous dis ce que voient mes yeux. Cette jeunesse perpétuelle.

Il posa ses mains à plat sur le mur d'air et d'illusion magique qui le séparait des deux femmes. Il tourna le regard vers Viviane.

— Quant à vous, vous vieillissez, ma chère. Pour vous, le temps passe.

Les lèvres de la fée se serrèrent de rage et d'humiliation. Puis elle se reprit et parvint à sourire, lentement.

— Parmi les enchantements que je t'ai volés, il n'y figurait pas celui de l'éternelle jeunesse. Existe-t-il? demanda-t-elle. M'as-tu caché beaucoup de choses, beaucoup de tes secrets?

— Tu m'as pris ce que tu voulais me prendre. Tu avais déjà la jeunesse et la beauté : pourquoi me les aurais-tu demandées?

— Prétends-tu que je vieillis parce que tu le veux?

Les mains de Merlin s'agitèrent doucement en l'air.

— Tu vieillis, Viviane, *tu deviens laide*, parce que tu es soumise au temps. Croyais-tu lui échapper? Tu ne le peux pas. Pas sans moi.

— Et si je te délivrais?

Merlin haussa les épaules.

— Cela n'y changerait rien. Je ne peux rien pour ta vanité de femme. Mes pouvoirs sont immenses, mais moins que ta vanité. Sais-tu pourquoi tu vieillis si vite, Viviane ? Parce que tu m'as enfermé ici. Et que je suis le garant de l'existence de notre monde. Le monde de Pendragron, d'Uther et d'Arthur.

Merlin, tout à coup, s'écarta du mur d'air, fit quelques pas au hasard dans le pré bordant le ruisseau.

— Tu es une fée, Viviane, parce que ce monde-là existe. Mais s'il venait à disparaître ? Si plus personne ne croyait aux fées ?....

Il se retourna et tendit le doigt vers Viviane.

— Or notre monde disparaît, mon ancienne toute belle. Arthur et ses chevaliers disparaîtront sous les assauts des Angles, des Saxons, et des vassaux félons.

Le doigt toujours tendu, il s'avançait pas à pas vers Viviane.

— Toi et moi, la fée et le magicien, nous ne serons bientôt plus que les personnages de contes qu'on murmure aux enfants pour les endormir et peupler leurs rêves. Juste des noms : Merlin, Viviane... Juste un très vague souvenir...

La Dame du Lac frappa des deux mains ouvertes le mur d'air, puis les laissa là, plaquées contre cette barrière invisible qu'elle avait elle-même suscitée.

— Merlin ! cria-t-elle. Si je te délivre, maintenant, et que tu me fais le serment de retrouver Lancelot et de le remettre dans le monde pour qu'il aide Arthur à vaincre Mordret, est-ce que... est-ce que je redeviendrai jeune — et belle ?

Merlin vint poser ses mains contre celles de Viviane. Ne les séparait que l'épaisseur d'un mur d'air, d'une illusion, d'un enchantement.

— Je ne ferai pas ce serment. Qui sait ce qu'est devenu Lancelot ? Moi, je l'ignore. Je ne peux que te promettre de tout faire pour le délivrer.

Il s'écarta, recula sans quitter la fée du regard.

— Maintenant, à toi de prendre le risque et la décision de me libérer.

Cela se passa très simplement. Viviane joignit ses mains devant son visage. Elle ferma les yeux. Elle demeura ainsi pendant un temps qui parut à Guenièvre interminable. Merlin se tenait droit, immobile, au centre de la clairière. Puis, peu à peu, son image devint floue, comme si le mur d'air se faisait liquide

— une eau parcourue de frémissements, d'ondes de plus en plus puissantes, jusqu'à ressembler à de hautes vagues translucides, se percutant et se chevauchant sans écume. Le sol se mit à trembler.

Alors une voix grave, rauque, qui n'était pas la sienne, s'échappa de la gorge de Viviane. Elle prononçait, déclamait des mots dans une langue incompréhensible, qui semblait venue du plus lointain du temps, du plus profond d'un univers menaçant et inconnu. Le sol trembla puissamment, tandis que les ondes, à présent luisantes comme un acier liquide, se métamorphosaient en des dizaines, des centaines, des milliers de visages éphémères, grimaçants, hideux, dépourvus de regard. La voix jaillie des lèvres de la fée prit une ampleur terrifiante, comme naissant de ces milliers de bouches. Effrayée, Guenièvre baissa la tête, se plaqua les mains sur les oreilles, ferma les paupières. Elle entendit sourdement la clameur d'une dernière note à la fois très aiguë et très grave. Puis plus rien. Le silence.

La reine rouvrit les yeux.

Viviane gisait au sol, évanouie. La clairière avait disparu : il ne restait plus qu'un souterrain taillé à même le roc, qu'éclairaient quelques torches grésillantes. De cette quasiténèbre surgit l'ombre d'un homme. Guenièvre eut un mouvement de recul. L'homme, en quelques pas, fut tout près d'elle et la saisit par le poignet. Elle faillit crier, puis reconnut Merlin.

— Jeune reine, lui dit-il, à présent je m'en vais.

Il jeta un coup d'œil vers Viviane, étendue sur le flanc, non loin d'eux.

— A-t-elle exigé de vous un serment ?

— Oui...

Les yeux noirs de Merlin étincelaient comme des braises, scrutant ceux de Guenièvre.

— Je devine lequel. Viviane a eu raison. Mais je devine aussi que ce serment, vous aurez bien de la peine à le tenir.

La reine abaissa les paupières.

— Je ne le pourrai pas, murmura-t-elle.

— Alors écoutez-moi, écoutez-moi bien : pour avoir refusé l'amour de Lancelot quand il en était temps, vous devrez y renoncer toujours.

— C'est impossible...

Il lui serra plus fort le poignet. Il lui fit mal.

— La survie du royaume de Logres, notre survie à tous, dépend désormais aussi de vous. Lancelot, j'en suis certain, viendra vous voir. Même moi, je ne pourrai l'en empêcher. Vous seule aurez le pouvoir de le tenir à l'écart de vous-même.

— Non, ne me le demandez pas... Je ne le pourrai pas, Merlin...

— Il le faudra !

Il lui lâcha le bras, et tout à coup apparut dans sa main une épée dont le fer luisait dans la pénombre.

— Prenez-la.

Elle hésita.

— Prenez cette épée, jeune reine. Obéissez-moi.

Elle tendit lentement une main qui tremblait. Il l'obligea à refermer les doigts sur la garde.

— Si Lancelot vous approche, vous approche tant, de si près que vous croirez n'avoir plus d'autre choix que de le laisser vous prendre dans ses bras, plantez cette épée entre vous et lui. Ayez ce courage.

Du pouce, il lui effleura le front.

— Je ne vous réclame aucune promesse. Je sais que vous agirez comme vous le devez.

Soudain, il s'écarta d'elle et s'approcha de Viviane évanouie. Il la contempla pensivement.

— Je t'ai aimée, Viviane, murmura-t-il. Ai-je eu raison ? Ai-je eu tort ? Qui le sait ? Adieu.

Il partit à grands pas vers l'escalier. Au bas

des marches, il se retourna une dernière fois vers Guenièvre qui tenait l'épée croisée sur sa poitrine. Il n'ajouta pas un mot. L'ombre noire de sa cape claqua brusquement comme une voile dans la tempête. Il s'engouffra dans l'escalier.

4

L'apprentissage

Un matin, Perceval parvint à une rivière. Elle était trop large et trop profonde pour qu'il se risque à y engager son cheval. Il décida d'en suivre le courant vers l'aval, en quête d'un gué.

Depuis son départ de la Cour quelques jours plus tôt, il avait traversé une immense forêt et n'avait rencontré personne sur sa route. Cette solitude lui avait permis de réfléchir aux événements qui s'étaient succédé depuis qu'il avait quitté la Forêt Perdue. Le souvenir qu'il préférait, c'était celui de son bref combat contre le Chevalier Vermeil. De temps à autre, il touchait avec satisfaction le heaume rouge suspendu à l'arçon de sa selle, la garde de son épée, la longue lance qu'il portait. Il était comme un enfant qui a obtenu les jouets qu'il convoitait. Puis il songeait à la mission qu'il s'était donnée : retrouver ce fameux Mordret et le vaincre. Tout cela lui paraissait très facile. Il ne doutait pas que son chemin le conduirait naturellement jusqu'au chevalier à la cuirasse d'or qu'il avait vue luire au soleil, très loin sur la crête des montagnes, le jour de sa rencontre avec les chevaliers.

Cependant, la rivière qu'il longeait ne semblait pas vouloir se faire moins large ni moins profonde. Ses eaux, d'un vert pâle, étaient trouées par endroits de gouffres noirs. Pas un gué, pas un pont. Pas le moindre passage ni le moindre bac. Au contraire, le lit du fleuve s'élargit bientôt, et Perceval leva la tête, huma l'air autour de lui. Oui, cette odeur, il la reconnaissait : c'était celle de la mer. Il pressa sa monture. D'un galop tranquille, il remonta la berge où affleuraient désormais des rochers noirs, acérés. Des mouettes passèrent au-dessus de lui en poussant leur cri strident. Il arrêta son cheval.

Là-bas, devant lui, l'embouchure de la rivière s'évasait sur la mer, et il ne put s'empêcher d'admirer la beauté de ce spectacle : l'eau douce et bleu-vert se heurtait à la marée montante, s'y mélangeait, se laissait submerger par l'eau grise aux reflets bleu sombre, et Perceval assista à cet étrange phénomène : le courant du fleuve s'inversait alors et semblait remonter son cours, comme si l'eau, au lieu de se jeter dans la mer, cherchait à retourner vers sa source. Il était si surpris et si perplexe qu'il n'entendit ni ne sentit venir le cavalier qui s'approchait dans son dos.

— Étonnant, n'est-ce pas ? J'ai souvent rêvé que nos vies, lorsqu'elles auraient touché à leur fin comme ce fleuve mourant dans la mer, remontent elles aussi leur cours, fût-ce de quelques jours, quelques heures...

Perceval sursauta, se retourna. L'homme qui avait parlé portait d'élégants vêtements d'hermine et s'accoudait nonchalamment à l'encolure de son cheval. Il ne le reconnut pas aussitôt.

— Ce que tu admires là se nomme le mascaret, reprit l'homme. Voilà une chose que tu n'avais certainement jamais vue ni soupçonnée dans ta Forêt Perdue.

— Qui êtes-vous, Monsieur ? Et comment savez-vous que je viens de la Forêt Perdue ?

L'homme claqua la langue ; sa monture trottina paisiblement jusqu'à celle de Perceval.

— Alors, Gallois, depuis que tu portes ces armes rouges, tu ne croises donc plus d'archanges ?

Interloqué, le jeune homme plissa les yeux. Il dévisagea son interlocuteur qui le considérait en souriant.

— Vous! s'exclama tout à coup Perceval. Vous êtes... Gauvain, c'est bien votre nom?

— Allons, la mémoire te revient. Que fais-tu dans ces parages?

Perceval redressa fièrement les épaules et déclara :

— Je cherche Mordret, que je vais tuer!

À sa surprise, et à son indignation, Gauvain éclata de rire, comme s'il venait d'entendre une excellente plaisanterie.

— Vous m'offensez, Monsieur!

Mais Gauvain rit de plus belle.

— Pour la dernière fois, Monsieur, cessez!

L'hilarité de Gauvain s'apaisa peu à peu. Du revers de l'index, il essuya les larmes de rire qui perlaient à ses paupières, puis croisa les bras et, la tête songeusement inclinée vers l'épaule, il examina le jeune homme pâle de rage.

— Tu as un don, Perceval. Tu es le garçon le plus sincèrement comique que j'aie rencontré de toute ma vie.

Le jeune homme serra les dents et blêmit encore.

— Si vous étiez armé, Monsieur, je vous

ferais rentrer vos stupides moqueries dans la gorge !

— Ho ! Ho ! fit Gauvain en écarquillant les yeux, avant d'éclater de rire à nouveau.

Fou de colère, Perceval porta la main à la garde de son épée.

— Je vais vous... !

Il n'en dit pas davantage. La main de Gauvain s'était tout à coup abattue sur la sienne et l'immobilisait. Leurs visages se retrouvèrent penchés face à face, proches à se toucher.

— Tu mérites une leçon, murmura Gauvain qui souriait toujours.

Et Perceval sentit qu'on l'agrippait par l'épaule. Il n'eut pas le temps de résister : déséquilibré, il vida les étriers et se retrouva projeté au sol, sous les sabots du cheval de Gauvain.

Celui-ci écarta lentement sa monture. Perceval, humilié, le visage et les paumes maculés de boue, se redressa précipitamment, s'empêtra les chevilles dans sa propre épée, chuta lourdement sur les fesses.

— Quand je te disais que tu es comique !

Perceval se releva à nouveau, prenant garde cette fois à ne pas s'entraver dans ses propres armes.

— J'ai tué le Chevalier Vermeil pour bien moins que vos insultes !

Il saisit son épée et, avec maladresse, la tira de son fourreau.

— Battez-vous, Monsieur !

— Aaaahhh ! s'exclama Gauvain en s'appuyant avec encore plus de désinvolture sur le col de son cheval. Dès que tu n'as plus tes javelots, tu ressembles moins à un vulgaire assassin. Bien sûr, c'est loin d'être suffisant pour que tu ressembles à la moitié du quart d'un chevalier...

La lame de Perceval siffla dans l'air. Le jeune homme avançait lentement vers le cavalier.

— Qui vous permet de me traiter d'assassin ?

— Qui, dis-moi, petit Gallois, *qui* t'a permis d'assassiner un chevalier ?

— Je l'ai affronté ! Af-fron-té !

Gauvain fit un geste moqueur.

— D'un coup de javelot sous la visière ? Facile, non, pour un chasseur d'étourneaux comme toi ?

Le chevalier, passant tranquillement la jambe par-dessus l'encolure de son cheval, sauta à terre. Il réajusta les pans de son manteau d'hermine sur ses épaules, en épousseta négligemment le revers.

— Un chevalier, dit-il, se sert d'une lance, d'un écu et d'une épée. D'abord. Un chevalier affronte — af-fron-te — son adversaire face à face, à armes égales.

Tout en parlant, Gauvain avait tranquillement retiré son manteau. Après l'avoir replié avec soin, il le déposa sur la selle de son cheval.

— À présent, Gallois, montre-moi ce que tu sais faire de cette épée.

— Contre vous, Monsieur ? Vous n'en avez pas.

— Retiens ce qu'on te dit, Gallois : un chevalier ne se bat qu'à armes égales. Tu as une épée, je n'en ai pas. Je suis chevalier, tu ne l'es pas. Nous sommes donc à égalité.

Perceval hésita, se gratta la tête.

— Écoutez, Monsieur... Je ne peux pas...

— Pourquoi ?

— Ce ne serait pas juste.

— Et moi je te dis que ce sera égal. Attaque-moi.

Le jeune homme ne savait ce qui le mettait le plus mal à l'aise : ce défi qu'il jugeait absurde, ou l'allure et les vêtements de Gauvain, cette cotte, cette chemise et ces chausses finement cousues dans des étoffes fines — « Ce chevalier s'habille comme une demoiselle », pensait-il.

— Attaque-moi, répéta Gauvain. Allez, Gallois, un peu d'initiative!

— Monsieur...

— Ah! Tu m'agaces! s'écria le chevalier.

Il se pencha, ramassa un caillou, se releva et le lança sur Perceval. Le jeune homme, abasourdi de ce comportement, eut tout de même le réflexe d'éviter le projectile qui le visait en pleine face.

— Monsieur, enfin...

— Qu'est-ce qui t'arrive? Attaque-moi, par Dieu et tous ses saints! Ou est-ce que, sans tes javelots, tu es un couard, un lâche, un moins que rien?

Gauvain fit mine de ramasser un autre caillou. Les pommettes de Perceval rougirent sous l'insulte. Il poussa une sorte de rugissement hargneux, leva son épée et se précipita sur le chevalier désarmé.

Celui-ci ne bougea pas d'un cil devant l'assaut. Au dernier instant, alors que le jeune Gallois était sur lui et assenait un violent coup d'épée, il glissa, souplement, d'un pas sur le côté. La lame lui frôla l'épaule et s'enfonça à moitié dans la terre meuble de la rive. D'un simple coup de genou dans la hanche, Gauvain déséquilibra Perceval; du plat de la main, ensuite, il le frappa à l'épaule : le jeune homme tomba sur le dos, lâchant son épée fichée dans la glaise. L'instant d'après, cette épée — son épée — était dans la main de Gauvain et la pointe de sa lame lui chatouillait le menton.

— Si j'avais eu ma propre épée, petit Gallois, tu aurais très mal au ventre en ce moment. Trop de fer dans les tripes, ça ne se digère pas...

La pointe de l'épée à la garde vermeille effleura la pomme d'Adam du jeune homme. Gauvain posa le pied sur la poitrine de Perceval.

— Tu sais, lui dit Gauvain, je devrais te trancher le cou pour — c'est le cas de le dire — couper court à ta sottise.

— Faites-le ! grogna Perceval en relevant le menton pour appliquer lui-même sa gorge contre la pointe d'acier.

Une larme de sang coula le long de son cou.

Gauvain retira brusquement l'épée et la planta au ras de l'épaule du jeune homme.

— Assez plaisanté, dit-il. Relève-toi.

Étendu dans la boue, les bras en croix, Perceval s'écria :

— Vous m'avez humilié ! Tuez-moi !

Gauvain se pencha vers lui et murmura :

— Je vais t'expliquer quelque chose de très important : il y a un moment où il faut cesser d'être complètement idiot...

Il se redressa d'un coup et ajouta :
— Ce moment est venu, crois-moi.

***

Gauvain possédait un château sur l'autre rive de l'embouchure du fleuve. C'était un château d'une grande simplicité — juste quatre tours, un donjon central et un carré de murailles — qu'à la Cour aucune dame ou demoiselle n'aurait imaginé comme le sien. On prêtait à Gauvain beaucoup de défauts — véniels —, parce qu'à la Cour il avait choisi de jouer le rôle du plus charmant, du plus frivole des chevaliers, de celui dont la compagnie est le plus agréable aux femmes. Les femmes l'aimaient, il le leur rendait bien. Bien sûr, il faisait partie des meilleurs chevaliers au tournoi et à la bataille ; la plupart des varlets espéraient le servir. Mais seul Arthur sans doute, son oncle et son roi, savait comme Gauvain préférait les femmes aux batailles, les amours aux tournois, faire rire une femme plutôt que décapiter son mari. Gauvain avait toujours vécu sa vie comme si Dieu lui-même lui avait posé la main sur l'épaule. Bref, il était né et vivait comme un homme fait pour le bonheur.

Ce soir-là, il installa Perceval à sa table et le nourrit à profusion. Il le regarda planter les dents dans la volaille et la viande, s'emplir les joues de fruits. Il ne lui posa que peu de questions. Il savait tout ce qu'il avait à savoir sur ce jeune forestier : un gamin audacieux, arrogant, d'excellente naissance et d'éducation imparfaite. Le repas terminé, il le fit conduire par ses varlets à une chambre confortable, où Perceval dormit comme dorment les jeunes gens qui n'ont aucun souci.

***

— Debout!

Perceval sursauta. Il était nu. Il vit que dans la chambre il faisait à peine jour et que Gauvain, armé de pied en cap, se tenait à son chevet.

— Debout, Gallois! Tu as bien des choses à connaître que tu n'apprendras pas en rêve. Allez! Debout!

Peu de temps après, encore engoncé de sommeil, Perceval se retrouva dans la cour du château. Deux écuyers lui amenèrent un destrier. Un troisième se mit à le vêtir de ses armes. Cependant, Gauvain apparut dans la cour, son écu pendu au cou, le heaume sous son bras.

— Tu n'es pas encore prêt?

— Prêt à quoi, Monsieur? demanda Perceval tandis que l'écuyer lui passait le haubert rouge.

— À devenir un chevalier.

Cela dit, Gauvain, aidé d'un sergent, monta en selle. Il flatta l'encolure de son destrier gris, regardant Perceval que ses écuyers soulevaient sur sa propre monture. Le jeune homme, son heaume à la main dont il ne savait d'évidence que faire, se laissa chahuter par un cheval qui se révélait impatient et rétif. Quand il se sentit déséquilibré, il prit vite son parti : il jeta le heaume dont il n'avait aucune envie de se coiffer, serra les genoux et les cuisses sur les flancs de sa monture et raccourcit sa prise sur la bride. Le destrier se fit obéissant.

— Et maintenant, Monsieur? demanda Perceval.

Le doigt tendu, Gauvain lui désigna, au centre de la cour, une sorte d'épouvantail fiché sur un piquet de bois et pourvu à gauche d'un écu, à droite d'un semblant de lance.

— Regarde-moi! s'écria Gauvain.

Il éperonna son destrier. Le chevalier et sa monture partirent en un galop soudain. Gauvain brandit face à lui la lance qu'il tenait contre son flanc droit.

Le choc fut net et précis : la pointe de l'arme

frappa l'écu en plein centre ; l'épouvantail fit plusieurs tours sur son piquet.

— À toi !

Perceval assura la lance dans son poing et contre sa hanche. Puis il talonna violemment sa monture. Le cheval, sursautant de douleur, fonça tête baissée.

— Tu dois abattre ton adversaire ! cria Gauvain.

Mais Perceval n'avait pas besoin qu'on lui explique ce qui lui paraissait très simple. Son cheval emballé le jetait à toute allure face à l'épouvantail. Et, pour le jeune homme, c'était plus qu'un épouvantail : déjà un ennemi. Au dernier instant, il releva légèrement la pointe de sa lance. Il ne frappa pas le large bouclier conçu pour l'exercice. Il enfonça son arme dans la tête de chiffon de l'épouvantail, et le décapita.

D'abord, Gauvain ne fit aucun commentaire. À cette allure de galop, et sans aucune pratique du tournoi, il y avait une chance sur cent que l'on touche l'adversaire très précisément à cet endroit. Il y fallait soit un miracle, soit une adresse quasi maléfique. Gauvain ordonna à ses écuyers de refaire une tête à l'épouvantail. Après quoi, il descendit de son cheval et s'approcha du leurre de bois et de chiffons.

— Tu l'as frappé en pleine face. C'est bien. Tu es adroit, ou chanceux. Un véritable adversaire sera mobile. Essaie encore.

Perceval tira sur la bride de son destrier et le remit face à l'épouvantail que, désormais, Gauvain tenait contre lui.

— À toi!

Aussitôt, Perceval lança son cheval au galop. Il releva la pointe de sa lance.

Portant l'épouvantail, Gauvain courut. Face au jeune Gallois. À l'ultime seconde, il sauta sur le côté. Il roula dans la poussière de la cour, se releva prestement, jeta un vif coup d'œil à l'épouvantail : il n'avait plus de tête. Alors Gauvain regarda le jeune cavalier et il dut bien constater que cette tête de bois et de chiffons ornait à présent la pointe de sa lance.

Jamais il n'avait vu personne faire preuve d'une pareille adresse.

***

Ils passèrent la journée à cet entraînement. Gauvain enseigna au jeune Gallois comment se servir de l'écu, puis ils firent plusieurs assauts d'escrime. Le chevalier n'en revenait pas de l'aisance avec laquelle Perceval apprenait les gestes justes et les reproduisait. Au crépuscule, il maniait l'écu, la lance et l'épée comme s'il eût suivi des mois d'apprentissage parmi les meilleurs varlets du royaume.

— Rentrons. Nous allons dîner.

Les écuyers se précipitèrent et les aidèrent à dévêtir leur haubert, avant de ramener les destriers aux écuries. Gauvain et Perceval entrèrent dans la salle, où le repas les attendait.

— Je t'offre de demeurer avec moi quelque temps, dit le chevalier lorsqu'ils se furent attablés. Tu es très doué, mais tu pourrais te perfectionner encore.

Perceval planta joyeusement ses dents dans une tranche de viande.

— Je vous remercie, Monsieur, répliqua-t-il, la bouche pleine, du jus et du sang lui coulant sur le menton. Mais je repars demain matin.

— Pourquoi es-tu si pressé ?

— Je vous l'ai dit : j'ai promis de retrouver Mordret et de le tuer.

Gauvain hocha la tête en silence. Il examina le jeune homme qui mangeait avec grand appétit et très peu de manières.

— Alors, dit-il enfin, il faut que je t'enseigne une dernière chose.

Perceval secoua la tête avec enthousiasme.

— Allez-y, allez-y ! Je vous écoute.

— Voilà : mon jeune ami, tu parles trop.

— Moi ? fit Perceval, sincèrement surpris.

— Tu vas partout en annonçant que tu cherches Mordret pour le tuer. Mais sais-tu seulement à qui tu t'adresses ? Imagine que j'aie été un allié de ce Mordret. Que crois-tu que j'aurais fait ?

— Nous nous serions battus, Monsieur, je suppose...

— Rien n'est moins sûr. J'aurais pu t'accueillir en souriant, t'offrir mon hospitalité, puis, profitant de ton sommeil, te faire assassiner dans ton lit.

— Impossible, Monsieur ! Vous ne feriez jamais ça !

— Moi, non. Un autre, à qui tu parleras trop, et qui te jugera stupide et arrogant, n'hésitera certes pas, si cela peut lui attirer les bonnes grâces de Mordret, qui, vois-tu, est l'un des plus puissants seigneurs de ce temps et compte, malheureusement, beaucoup de partisans.

Perceval avait écouté attentivement. Il haussa à nouveau les épaules.

— Monsieur, je vous remercie de votre sollicitude. Mais, je vous assure, il ne faut pas vous inquiéter pour moi. Il n'est pas né celui qui me tuera, même par traîtrise !

— Tu as raison de montrer autant d'assurance, Perceval : tu es courageux et habile au combat. Pourtant, je te demande d'écouter mon conseil : conduis-toi en chevalier lorsque tu seras reçu par un hôte, qu'il soit prince ou simple vavasseur*. Et se conduire en chevalier, en l'occurrence, c'est d'abord savoir tenir sa langue en toutes circonstances. Ne rien révéler de ses intentions, surtout quand, comme toi, on prétend pourchasser l'un des hommes les plus dangereux du monde. Et, quoi qu'il arrive, quoi que tu voies, quelque étrange ou surprenant spectacle se passe sous tes yeux, sache rester impassible; ne pose aucune question. L'indiscrétion est une faute.

Les yeux rivés sur Gauvain, le jeune homme avait écouté chaque mot.

— Monsieur, j'ai trop de respect pour vous pour ne pas vous obéir. Je ferai donc comme vous me le demandez.

— Tu sauras te taire?

— Je saurai me taire.

— À la bonne heure! s'exclama gaiement Gauvain.

— Cependant, Monsieur...

— Oui?

— ... vous m'affirmez que je dois me conduire en chevalier et j'accepte de me conformer à vos vœux. Mais... quand serai-je *vraiment* chevalier?

— Lève-toi.

Ce disant, Gauvain se mit lui-même debout

et fit un signe à l'un des écuyers qui se tenaient près de la cheminée. Celui-ci s'inclina légèrement, se dirigea vivement vers un petit coffre déposé sur une table de pierre et l'ouvrit. Gauvain prit Perceval par le poignet et le conduisit au centre de la salle. Puis il se tourna vers l'écuyer qui lui apportait ce que le jeune Gallois reconnut pour un éperon. Un magnifique éperon d'argent.

Cet éperon en main, Gauvain s'adressa au jeune homme :

— Perceval, j'ai le pouvoir devant Dieu de te faire chevalier. Tu seras juste et brave. Tu ne porteras jamais l'épée contre les faibles. Tu aideras de ton bras ou de tes conseils ceux et celles qui seront dans le besoin ou dans l'adversité. En fais-tu le serment ?

— Devant Dieu, oui ! dit fièrement Perceval.

Alors Gauvain se pencha, mit un genou à terre et fixa lui-même l'éperon d'argent à la cheville droite du jeune homme. Il se redressa, lui donna l'accolade et ajouta :

— Te voilà chevalier.

— Vous ne me giflez pas, Monsieur ? demanda Perceval, étonné.

— Ah, oui, sourit Gauvain. La colée... Il n'y a que le roi qui l'administre. C'est son privilège.

Un second écuyer s'approcha d'eux. Gauvain lui prit l'épée qu'il lui tendait et la plaça sur les mains ouvertes de Perceval.

— Je te donne mon épée. Qu'aucune bassesse de ta part n'en souille jamais la lame.

Gauvain recula d'un pas, tandis que le jeune chevalier nouveau glissait lentement l'épée à sa ceinture.

— Une dernière recommandation : si tu combats un chevalier, que tu le vainques, et qu'il ne soit qu'étourdi ou blessé, ne l'achève pas. Ne tue jamais de sang-froid.

— Je vous le promets.

***

Le lendemain à l'aube, Perceval s'apprêtait dans sa chambre lorsque Gauvain y entra, accompagné de deux écuyers.

— As-tu bien dormi ?

— Parfaitement, Monsieur.

L'un des écuyers alla jusqu'au siège où le Gallois avait déposé ses vêtements en vrac et, avec une légère grimace de dégoût, les roula en boule, comme un paquet.

— Hé ! s'indigna Perceval. Laisse ces habits, c'est ma mère qui les a cousus !

Il était prêt à bondir sur l'écuyer ; Gauvain le retint fermement par le bras.

— Je t'ai adoubé, Perceval. Je ne peux laisser un de mes chevaliers courir le monde attifé comme un paysan.

— Enfin, Monsieur... !

— Tiens-tu à me faire honte ?

— Non, mais... Mais je me sentais bien dans ces habits-là ! Et puis ils me viennent de ma mère...

Gauvain eut un sourire mi-moqueur mi-attendri. Il fit signe qu'on emporte les hardes. Le second écuyer déposa à leur place une chemise de lin fin, des chausses rouges et une tunique de soie violette.

— Je te laisse, à présent. Habille-toi et rejoins-moi dans la cour.

Il quitta la chambre, tandis que Perceval, à demi nu, les mains sur les hanches, examinait avec une moue dépitée ses nouveaux atours.

Les premiers rayons du soleil doraient les murs du château quand Perceval enfourcha son destrier. Il serra la main que lui tendait Gauvain, debout près de lui dans la cour.

— Écoute ton instinct et suis mes conseils. Dieu te protège, chevalier.

Leurs mains se séparèrent. Gauvain claqua la croupe du cheval, qui bondit en avant. Perceval sortit du château et s'éloigna vers la mer sans se retourner.

5

L'évasion

L'épervier passait très haut dans le ciel. Il avait survolé des forêts, des vallons, des falaises, la mer ; encore des falaises, des vallons, des forêts. Enfin, il cessa de battre des ailes et, se laissant porter par un léger vent d'altitude, il plana en cercles de plus en plus étroits. Il s'approchait du sol. Son œil rond, intense et noir observait le bois de sapins, au-dessous de lui, et la clairière, ceinte de très hauts murs. Bientôt, il fut assez près pour que les taches de couleur — rouges, bleues, jaunes — qui dessinaient d'élégantes arabesques dans cette clairière se transforment en autant de parterres de fleurs. Une allée de gravier bleu pâle y serpentait.

L'épervier se posa au sommet du mur d'enceinte et continua d'observer. Sous la frondaison des arbres centenaires qui ombraient l'autre extrémité du jardin, deux silhouettes apparurent. Elles marchaient paisiblement côte à côte. L'une était d'une femme à la longue chevelure blonde qui, parfois, se penchait et cueillait une fleur. L'autre était d'un homme à la large carrure, au visage mangé d'une barbe grisonnante comme ses longs cheveux embroussaillés. Le visage incliné vers la femme, il ne cessait de lui parler. L'épervier tourna brusquement la tête ; ses yeux clignèrent. Il écouta.

— Attendez, Madame, disait l'homme, je vais vous aider à cueillir cette fleur.

Il se courba sur le parterre de pervenches ; ses doigts frôlèrent ceux, presque translucides, de la femme, et ils parurent couper ensemble la tige frêle.

— Prenez-la, Madame. Son bleu ressortira parmi ces jonquilles comme l'or de vos cheveux rehausse l'éclat de vos yeux.

Sa voix était étrangement enrouée, sans intonation. Il semblait prononcer des mots usés par une très longue habitude, des mots qu'il n'entendait plus lui-même. L'épervier ouvrit le bec, poussa un cri bref, pareil à l'éclat d'un rire triste et provocant. Battant deux fois des ailes, il se posa sur le gravier bleu de l'allée.

Et, alors que le couple mal assorti de la très jeune femme blonde et pâle et de l'homme vieillissant s'avançait dans sa direction, l'oiseau s'ébroua tout à coup : son plumage gonfla, ses ailes s'étendirent, tout son corps se déplia, se déploya, se métamorphosant en une ample cape d'où jaillirent des bras tendus vers le ciel, puis une tête aux cheveux noirs — la tête émaciée, volontaire, au regard brûlant, au nez courbe et acéré comme un bec de Merlin le magicien.

Le couple ne parut pas avoir vu le prodige. Le regard très clair de la jeune femme était pourtant posé sur Merlin, mais sans aucune autre expression qu'une paix un peu sotte. Quant à l'homme, il ne lâchait pas du regard le visage de celle qu'il accompagnait. Tout le reste semblait lui être étranger.

— Lancelot, je suis venu te chercher, dit Merlin.

L'homme ne réagit pas. Il glissa en souriant quelques mots chuchotés à l'oreille de la jeune femme. Merlin dut s'écarter d'un pas de côté. La jeune femme continua d'avancer, ignorant la présence du magicien. Il tendit la main pour la prendre par l'épaule : ses doigts ne rencontrèrent qu'une sorte de brume qui se brouilla un instant à son contact, se reforma dès qu'il eut retiré sa main.

Merlin, qui avait reconnu Guenièvre, avait bien sûr deviné qu'elle n'était qu'un double, un leurre de la reine de chair et de sang. Mais il ne s'attendait pas à ce qu'elle ne fût qu'une image, tant l'illusion était parfaite. En connaisseur, il apprécia les talents de Morgane, car il ne faisait aucun doute pour lui que la demi-sœur du roi Arthur, la nécromancienne, avait créé ce jardin, cette fausse Guenièvre et emprisonné le chevalier. Elle seule en était capable. En quelques pas, il rejoignit Lancelot et lui toucha l'épaule.

— Chevalier, regardez-moi.

Oui, l'épaule de Lancelot était bien une épaule humaine : elle en avait la réalité et la chaleur. Mais le chevalier était si profondément, et depuis si longtemps, plongé dans l'illusion du Val sans Retour qu'il semblait s'être fait lui-même illusion — comme un dormeur ne pouvant plus échapper à quelque rêve perpétuel. Il n'entendait pas la voix de Merlin ; il ne sentait pas le contact de sa main. Cette voix et ce contact, trop réels, n'appartenaient plus au monde dans lequel son esprit s'était réfugié.

Merlin éprouva un très court instant de découragement. Cela suffit pour qu'une brèche s'ouvre dans la puissance protectrice de sa propre présence, et que Morgane, soudain, apparaisse.

Grande, haute, brune, d'une beauté d'oiseau de proie, elle se dressa brusquement dans l'allée, quelques pas derrière le couple et Merlin.

— Quelle bonne surprise ! fit-elle d'une voix grinçante. Je n'espérais plus te revoir un jour, fils du diable. Qu'est-il donc arrivé à Viviane pour que tu sois là, comme un grand empoté, parmi mes fleurs ?

— Je crois que j'ai été trop longtemps absent. Je viens remettre un peu d'ordre dans ce monde.

Morgane éclata d'un rire mauvais.

— Quelle prétention ! « Remettre un peu d'ordre dans ce monde »... Il est trop tard, Merlin. Le monde a tourné sans toi, et bientôt ce sera à mon complet avantage !

— À prétentieux, prétentieuse et demie, murmura-t-il.

Il s'accroupit. Il étendit sa paume ouverte au-dessus du parterre de pervenches. Aussitôt elles se recroquevillèrent, fanèrent, brunirent — et il n'y eut plus que des dizaines de lombrics grouillant sur le sol.

— Au fond, dit paisiblement Merlin, tes fleurs te ressemblent.

Il se redressa.

— Merlin ! grinça Morgane. Ne me mets pas en rage, n'essaie pas de contrarier mes projets, sinon...

— Sinon ? demanda doucement le magicien, tout en se massant songeusement les doigts.

— Sinon, entre toi et moi, c'est la guerre !

— Ah bon... Ce n'est que ça, soupira Merlin. Tu sais, après tant d'années passées dans ma prison d'air, je me demandais si mes pouvoirs m'avaient abandonné... On dirait que non, après tout. Regarde.

Le bras tendu, les doigts ouverts, il fit un large geste circulaire englobant tout le jardin. Les fleurs, comme sous le coup d'un gel instantané, se racornirent, tombèrent, s'effritèrent et devinrent autant de vers qui se contorsionnaient hideusement.

— Tu le regretteras, Merlin !

— Mais oui, mais oui... Vois-tu, Morgane, je t'ai connue enfant. J'ai du mal à te prendre au sérieux aujourd'hui.

— Tu ne sais pas ce que sont devenus mes pouvoirs !

— Je sais en tout cas que tu n'es pas assez sûre de ces fameux pouvoirs pour être venue m'affronter en personne.

— Merlin, pour la dernière fois...

— Tais-toi, tu m'agaces. Tu n'es toi-même que l'illusion de toi.

Il braqua sa main aux doigts ouverts sur la nécromancienne. Elle grimaçait de colère et d'impuissance. Peu à peu, les traits de son visage se brouillèrent, s'effacèrent; elle ne fut plus qu'une haute ombre noire. Alors Merlin abaissa brutalement la main vers le sol : l'ombre noire s'effondra comme un verre se brise, et ses morceaux, parmi le gravier bleu, devinrent un amas furieux de vipères.

Merlin n'eut pas besoin d'user davantage de sa magie. Dès que l'image de Morgane eut été vaincue, transformée en un nid de serpents, son pouvoir sur le Val sans Retour s'évanouit. Les murs infranchissables qui le ceignaient se métamorphosèrent en des millions d'insectes qui s'envolèrent ensemble, dans un vrombissement extraordinaire. Il y eut, au-dessus de la clairière, comme un nuage de ténèbres qui occulta le soleil. Il fit noir. Ensuite, la nuée d'insectes se dispersa aux quatre vents. Quelques instants plus tard, le battement frénétique de leurs millions d'ailes s'estompait, laissant place au seul bruit clair et feutré du ruisseau courant dans le vallon.

— Non! Guenièvre!

Merlin fit volte-face. Là-bas, à quelques pas de lui, Lancelot tombait à genoux et tendait les bras — les tendait vers la fausse Guenièvre dont l'image, telle une eau en suspension, devenait transparente et *s'écoulait*. Le chevalier tentait de retenir entre ses doigts quelque chose, une parcelle, quelques gouttes de cette image qu'il avait accompagnée, suivie, aimée si longtemps. En vain. La fausse Guenièvre disparut, et Merlin vit sa substance illusoire se répandre dans l'allée, absorbée par le gravier.

— GUENIÈVRE !

Merlin, pour la première fois, éprouva une inquiétude : et si le chevalier n'était plus capable de s'évader de l'illusion créée par Morgane et son propre amour pour Guenièvre ? S'il n'était venu que pour sauver un fou... ? Il se précipita vers Lancelot, l'agrippa par les épaules, le secoua.

— Réveillez-vous, chevalier. Par tous les dieux de l'Ancien Monde, réveillez-vous !

— Là..., murmura Lancelot. Là... Elle est là...

Il pointait le doigt derrière Merlin. Celui-ci tourna la tête. Et ce qu'il vit l'étonna — lui, le fils du diable, que rien ne pouvait étonner. Du gravier de l'allée, à l'endroit où s'était liquéfiée l'image de la fausse Guenièvre, une plante surgissait, et grimpait, et grandissait, étendait ses branches — et, sur ces branches, des fleurs naissaient, s'ouvraient, s'épanouissaient.

C'étaient des roses. Des roses bleues.

— Vous êtes venu me chercher... ?

Merlin se retourna vers Lancelot. Le chevalier, se passant la main sur le visage, toucha sa barbe grise, y laissa courir ses doigts.

— J'ai vieilli... Combien d'années ont passé ?

— Peu importe. Il est temps que vous reveniez dans le monde.

Merlin l'aida à se remettre debout. Chancelant, Lancelot dévisagea le magicien.

— Qui êtes-vous ?... Ne me répondez pas. Si vous m'avez tiré de ce cauchemar, c'est que vous êtes une sorte d'ami.

Lancelot jeta un regard autour de lui. Il n'y avait plus de fleurs. Les lombrics eux-mêmes étaient rentrés dans la terre. Les vipères s'étaient dispersées. Il n'y avait plus de murs. Un cheval, harnaché de blanc, paissait un peu plus haut dans le vallon.

— Je suis libre ?

— Oui, dit Merlin. Mais prenez garde à cette liberté.

— Où est Guenièvre ?

— Avec le roi. Avec Arthur. C'est sa place.

— Elle sait ce qui m'est arrivé ?

— Non. Mais elle m'a envoyé.

Lancelot, les yeux perdus dans le vague, hocha lentement la tête.

— Merci... Vous savez ? Je ne me rends pas

compte... Suis-je vivant ou mort? Est-ce un nouveau rêve, une autre illusion?

— Tout est illusion, chevalier. Quelles que soient nos vies.

— Peut-être..., murmura Lancelot.

Il s'approcha du rosier planté dans l'allée. Il en cueillit une rose bleue dont il orna sa chemise. Il désigna le cheval qui broutait non loin d'eux.

— C'est le vôtre?

— Il est à vous. Faites-en bon usage.

Lancelot hocha encore la tête, s'éloigna de quelques pas, s'arrêta.

— Guenièvre... M'aime-t-elle encore?

Merlin ne répondit pas. Il désigna le cheval.

— Partez, chevalier.

— Elle m'attend?

Le magicien baissa tristement la tête.

— Je le crains.

Lancelot n'en demanda pas davantage. Il tourna le dos à Merlin et se dirigea vers le roncin. Des phrases mille et mille fois répétées lui tournaient encore dans la tête, celles qu'il avait dites, dites, dites... combien de fois à la fausse Guenièvre? Il cherchait celles, neuves, jamais prononcées, qu'il trouverait quand il serait enfin face à la véritable reine.

Quant à Merlin, avant de redevenir épervier, il s'interrogeait : était-il décidément trop tard pour sauver Arthur, son royaume, et tout un monde ? Lui aussi, le magicien, le « fils du diable », avait-il vieilli, comme Lancelot ?

Toute sa magie ne pouvait rien contre le temps.

6

Blancheflor

Peu après son départ du château de Gauvain, Perceval avait résolument tourné le dos à la mer. Cet immense espace mouvant, inconnu, le mettait mal à l'aise. Il s'enfonça dans la solitude des forêts.

Il s'y sentit aussitôt mieux. Davantage lui-même. Les troncs des arbres anciens, les fougères, le trottinement du gibier qui s'enfuit, tout cela le ramenait à ce qu'il était, au plus profond de lui : un garçon de la forêt. Les événements avaient été si rapides et si brutaux depuis qu'il avait quitté sa mère qu'il n'avait pas eu le loisir de réfléchir à ce qui lui arrivait. Là, durant les longues journées où il chevaucha tranquillement parmi les chênes, il put faire un retour sur lui-même. Et qu'en ressortait-il? Il avait pris un baiser et une bague à une demoiselle, il avait rencontré le roi Arthur, il avait tué un Chevalier Vermeil dont il portait désormais les armes, il avait passé près de deux jours auprès d'un chevalier de la Table Ronde, Gauvain, qui lui avait montré non seulement ce qu'un chevalier devait savoir faire en maniant l'écu, la lance et l'épée, mais l'avait adoubé et lui avait prodigué des conseils. Il en retenait surtout ceci : toujours «tenir sa langue», ne plus parler à tort et à travers, respecter ses hôtes quoi qu'il arrive...

Après quelques jours passés seul dans la forêt, une sorte de mélancolie lui vint. Celle de son enfance — toute proche, et qui lui semblait déjà si loin —, celle de la Forêt Perdue où il avait grandi et s'était fait lui-même. Il songea alors à sa mère, qui lui avait permis cette enfance libre, et regretta la dureté des propos qu'il lui avait tenus avant de la quitter. Il la revit comme elle lui était apparue, à son dernier coup d'œil en arrière, avant qu'il franchisse les arbres : une silhouette désespérée, au seuil de leur manoir, et s'effondrant au sol quand il avait tourné bride. «Peut-être est-elle morte? pensa-t-il tout à coup. Peut-être ma brutalité et mes paroles l'ont-elles tuée?» Peut-être avait-il été un mauvais fils?

À cette idée, son cœur se serra. À présent qu'il était un chevalier, il ne pourrait honnêtement en suivre les devoirs s'il était coupable de la mort de sa propre mère. Il fallait qu'il sache. Qu'il la revoie. Que cette faute, ce péché, cette forfaiture d'un fils à l'égard de sa mère soient lavés pour toujours par cet acte si simple : retourner à la Forêt Perdue et prendre sa mère — vivante — dans ses bras.

Il éperonna son destrier. Il devait quitter cette forêt. Rentrer chez lui. Le cheval se mit au galop sur l'étroit sentier entre les arbres. Vers l'ouest.

Quelques heures plus tard, alors que le crépuscule s'annonçait, Perceval et sa monture sortirent de la forêt. Bientôt, le son des sabots martelant le sol s'étouffa, s'estompa. Perceval — qui, jusqu'alors, ne voyait rien autour de lui, tant son esprit était fixé sur l'image de sa mère — s'aperçut que le destrier foulait une longue plage de sable, à marée basse. Face à lui, une citadelle se dressait, dominant un gros bourg bâti sur les pentes d'une presqu'île de rochers.

Le jeune homme immobilisa sa monture. Et, alors que le vent de mer le frappait d'embruns invisibles, il examina les parages.

Le soleil couchant, là-bas sur l'horizon courbe, ombrait de violine et de rouge les remparts de la citadelle élevés à pic de la mer. Le village semblait marqué de traces sanglantes ou noires. Et, plus loin, à quelques centaines de pas de l'enceinte, là où s'étendait l'ombre longue du donjon, des tours et des remparts, un camp s'était établi, en un large arc de cercle. Au sommet des tentes jaune d'or, des étendards, couleur de nuit et de sang, claquaient dans la brise.

Perceval talonnait doucement sa monture pour la remettre en marche, quand les derniers rayons du soleil frappèrent le camp. Il se redressa tout à coup, mit la main à la garde de son épée. Dans cette ultime lumière avant le basculement dans la nuit, quelque chose avait lui, brillé, étincelé : une armure. Une armure d'or.

— Mordret ! grogna Perceval.

Il jeta son destrier au galop. Il gardait les yeux rivés sur l'infime silhouette dorée qui lançait des éclats d'or dans le crépuscule. C'était lui. Mordret. Il avait promis de l'affronter. De le tuer.

Quand le cheval commença d'escalader la pente de rochers et de sable qui menait au camp, le soleil finit de basculer dans la mer. Il ne fut plus qu'un halo rouge, ardoise et doré par-dessus la limite maritime du monde. La silhouette de Mordret disparut.

— Allez! Allez!

Perceval poussa son destrier, des éperons et de la voix, jusqu'au sommet de la pente. Jusqu'aux abords du camp. Là, il put apercevoir le léger scintillement de l'armure de Mordret qui s'éloignait au galop vers l'est. Perceval voulut partir à sa poursuite. Mais il comprit aussitôt qu'il lui faudrait traverser le camp tout entier, et qu'avant de rejoindre Mordret il devrait se battre contre ses hommes. Ils étaient des centaines. Il n'avait aucune chance.

Il flatta tendrement l'encolure de son cheval, que ce galop et cette escalade avaient essoufflé. Que lui restait-il à faire? En un instant, il comprit que c'était tout simple : ce camp de tentes en toile dorée était celui de Mordret; c'était un camp d'assiégeants; Mordret était l'homme qu'il devait affronter et tuer; un village et une citadelle assiégés par les troupes de Mordret étaient donc forcément ses amis, ses alliés naturels.

Profitant de la nuit qui s'étendait autour de lui, il contourna le camp et se présenta à la grand-porte de l'enceinte.

***

— Que voulez-vous, chevalier?

Perceval leva la tête. À droite de la grand-porte, le volet de bois protégeant une ouverture dans la muraille avait été repoussé et un jeune homme était apparu, une torche à la main. À la lueur tremblante de la flamme, il semblait pâle et maigre.

— Je vous prie de me laisser entrer et de m'accorder l'hospitalité pour la nuit.

— Chevalier, ce sera avec plaisir que nous vous accueillerons. Mais vous ne nous en saurez aucun gré, croyez-moi.

Avant que Perceval ait eu le temps de l'interroger sur le pourquoi de cette étrange affirmation, le jeune homme referma le volet. Peu après, un battant de la lourde porte s'entrebâilla. Quatre sergents, l'un après l'autre, sortirent sur le pont et entourèrent Perceval et sa monture. Ils avaient l'épée au côté et chacun une grande hache de guerre suspendue à l'épaule.

Ils l'examinèrent un moment en silence. C'étaient des hommes de haute taille, bien découplés, mais étonnamment amaigris. Dévorant à demi leurs joues creuses, de larges cernes bistre soulignaient leurs yeux où luisait la fièvre.

— Entrez, Monsieur. Entrez à Beau Repaire.

Ils repoussèrent assez la porte pour que le Gallois pût passer avec sa monture. Ils la refermèrent aussitôt derrière lui et la barricadèrent. Ils l'escortèrent dans les rues pentues du bourg.

Pas un feu, pas la moindre flamme de chandelle ne brillait derrière les fenêtres des maisons. La plupart étaient ouvertes, portes battantes dans les bourrasques du vent de mer. Les murs étaient éventrés, les toits effondrés. Parfois, il ne restait debout que quelques ruines noircies par un ancien incendie.

— Que s'est-il passé ? demanda Perceval.

— Au début du printemps, les troupes de Mordret nous ont attaqués par surprise. Nous sommes parvenus à les repousser, mais le village, vous le voyez, Monsieur, a été dévasté. Ceux de ses habitants qui n'ont pas été tués ont fui Beau Repaire.

— Et maintenant ?

— Depuis six mois, nous soutenons le siège. Ce que nos ennemis n'ont pas accompli par les armes, ils espèrent le réussir par la privation, la faim et les épidémies.

Le sergent s'exprimait d'une voix fatiguée, mais d'un ton résolu. Perceval sentit que cet homme était prêt à mourir plutôt que de se soumettre aux assiégeants.

Ils parvinrent au château surplombant, à l'est, le village, à l'ouest, la mer. Ils entrèrent dans la cour où un varlet s'avança à leur rencontre. Il couvrit les épaules de Perceval d'un léger manteau de soie grise, tandis que les sergents conduisaient son destrier aux écuries. Une douzaine de marches taillées dans le roc menaient à la grande salle du château.

Il y avait là rassemblés, dans la lumière des torches et des bougies de suif, une vingtaine de chevaliers. Ils interrompirent leurs conversations et regardèrent le jeune inconnu aux armes rouges et à la tunique violette s'avancer dans la salle. Tous étaient maigres, livides, leurs gestes ralentis par la fatigue des privations. Ils en ressentirent avec d'autant plus de force la présence pleine de jeunesse, de santé et d'assurance de ce chevalier aux joues d'adolescent.

Tous ces regards fiévreux posés sur lui, et ce soudain silence, troublèrent un peu Perceval. Il chercha une phrase, un mot à prononcer — puis tout à coup se rappela la recommandation de Gauvain : « Lorsqu'on t'offre l'hospitalité, sache tenir ta langue en toutes circonstances. » Alors il referma les lèvres et se tut, se contentant de parcourir l'assistance du regard, sans avoir conscience que cette attitude pouvait passer pour de l'arrogance ou du défi.

Heureusement, la tension qui régnait dans la salle s'apaisa d'elle-même quand une voix jeune et fraîche dit :

— Bienvenue à vous.

Et qu'une jeune femme se mit à descendre les marches pour rejoindre les chevaliers et Perceval.

Elle portait une tunique noire étoilée d'argent, bordée d'hermine. Ses cheveux blonds lui couvraient les épaules jusqu'aux reins, comme une cape lumineuse et légère. Plus pâle que l'ivoire, son visage était si fin qu'on n'y distinguait que l'éclat rieur et franc de ses yeux bleus fendus en oblique vers les tempes, et la tache rouge, comme du sang, de sa bouche petite. Jamais on n'avait vu une demoiselle d'une telle beauté et d'une telle grâce.

Mais Perceval n'avait, lui, jamais vu grand-chose du monde, et ce qu'il croyait savoir des jeunes filles il le tenait de Galehot et de la rencontre qui s'en était suivie avec l'amie du Chevalier Vermeil. Il ne fut donc nullement impressionné par cette apparition. Pour reconnaître la véritable beauté, il faut l'avoir déjà rencontrée. Dans sa Forêt Perdue, Perceval n'avait jamais entendu ce mot, *beauté*, et si le sentiment, malgré tout, l'en avait frappé quelquefois — un cerf immobile, aux aguets ; le plumage bariolé d'un faisan ; ou simplement le jeu de la lumière dans les nuages ou dans les frondaisons —, il ne s'était jamais dit :

«*C'est beau.*» Il prenait les sensations comme elles venaient, puis les oubliait.

Aussi, quand la demoiselle, parvenue au bas des marches, s'avança à sa rencontre, souriante et amicale, il n'éprouva aucun élan vers elle. À l'attitude déférente des chevaliers, à l'élégance de son vêtement, il comprit qu'elle était la maîtresse des lieux. Cela faisait d'elle son hôtesse et il en conclut qu'il n'en devait que suivre davantage le conseil de Gauvain : «tenir sa langue».

Elle s'arrêta devant lui. Elle parut un peu étonnée de son silence et de sa mine impassible, mais, en bonne hôtesse, ne lui en fit pas le reproche. Elle lui prit gracieusement la main.

— Chevalier, vous ne serez certes pas reçu ici comme vous le méritez. Mais je suppose que, pour parvenir jusqu'à nous, vous avez côtoyé le camp de nos assiégeants et traversé les ruines du bourg. Je n'ai donc rien à vous apprendre de notre situation. Acceptez notre hospitalité pour ce qu'elle est, et je vous souhaite qu'un jour prochain vous en trouviez une meilleure que la nôtre.

Personne, jamais, ne s'était adressé à lui avec tant de douceur et de naturel. Il fut charmé du ton de cette jeune femme et de la douceur de ses doigts qu'elle avait glissés entre les siens.

Après un nouveau sourire, elle l'entraîna dans une pièce à l'écart de la salle. Le plafond en était peint tel un ciel de nuit : il reconnut les étoiles, les constellations qu'il avait souvent admirées dans son enfance. Elle le conduisit jusqu'à un lit. Ils s'assirent côte à côte. Des chevaliers les rejoignirent, s'installant sur des sièges ou à même le sol autour d'eux.

Perceval, le dos raide, les mains à plat sur les genoux, se taisait obstinément. Ce silence lui coûtait, lui qui était très bavard de nature. Il se sentait donc très fier de se conformer avec tant de fermeté aux conseils de Gauvain. Dans les yeux de la jeune femme, il crut deviner de l'incompréhension et il entendit les chevaliers qui commençaient à se parler à voix basse.

— Qui est-il?

— Pourquoi ne dit-il pas un mot?

— Est-il muet?

— Ou sot?

— Il a trop belle allure. Je ne le crois pas idiot, c'est impossible.

— Mais, cependant, d'où sort-il? Ce haubert vermeil, il me semble l'avoir déjà vu.

— Regardez sa cheville droite : il porte un

éperon d'argent. Tout neuf. Il vient d'être adoubé. Par un riche vassal.

— Qui, selon toi ?

— Peu importe. Je vous assure, quant à moi, que c'est un idiot.

— Pourquoi ?

— Il a la chance d'être assis auprès de notre Demoiselle, et il ne lui dit pas un mot, c'est à peine s'il l'a regardée.

— Comportement de sot, tu as raison. En tout cas, pas de chevalier.

— Et s'il avait volé son éperon d'argent ?

Indigné, Perceval brûlait de répliquer à tous ces racontars. « Tenir sa langue » ! Certes, mais pas au prix de cette humiliation ! Il avait serré les poings et s'apprêtait à se dresser face à ces hommes qui se moquaient de lui, lorsque la jeune fille posa doucement ses doigts sur son poignet.

— Chevalier, dit-elle, si je ne suis pas indiscrète, puis-je savoir d'où vous venez et ce qui vous a amené chez moi ?

Elle avait compris qu'il ne lui dirait pas un mot si elle ne lui adressait pas la parole la première. Quant à lui, il lui fut reconnaissant de lui offrir l'occasion, enfin, de s'exprimer.

— Ces derniers jours, j'ai traversé la forêt au sud de votre château.

Il tourna le regard vers les chevaliers qui s'étaient tus et l'écoutaient attentivement.

— Auparavant, poursuivit-il avec orgueil, j'ai eu l'honneur d'être adoubé par le chevalier Gauvain et de séjourner dans sa demeure. Il m'a donné quelques conseils et un enseignement dont j'espère me montrer digne.

Une rumeur de surprise admirative parcourut la pièce.

— Mon doux ami, déclara la jeune femme, j'aime comme vous avez dit cela. Vous avez parlé avec beaucoup de délicatesse et de courtoisie. Je connais Gauvain. Qui ne le connaît pas? C'est un homme d'honneur et le neveu du roi Arthur. Il n'a pu que vous donner le meilleur des enseignements.

La jeune fille se mit debout.

— Permettez-moi de me présenter : mon nom est Blancheflor.

Il se dressa à son tour et inclina la tête.

— Perceval, dit-il simplement.

Elle eut un imperceptible mouvement de surprise. Elle avait heureusement appris à rester assez maîtresse d'elle-même, quelles que soient les circonstances, pour qu'un jeune rustre comme le Gallois ne s'aperçoive rien.

— Eh bien, Perceval, puisque tel est votre nom, reprit-elle en le ramenant dans la salle, notre hospitalité va vous paraître bien médiocre, après celle que vous avez dû connaître chez le puissant et riche Gauvain. Nous n'avons ce soir pour toutes provisions que six miches de pain et, par la grâce de Dieu, un chevreuil qu'un de mes hommes a tué ce matin d'une flèche. Je veux y voir le présage que vous passeriez chez nous.

Sur un signe, elle fit dresser les tables. Les varlets lui obéirent avec empressement. Et c'est avec le même empressement que tout le monde s'assit pour dîner. Ces hommes, que la faim tenaillait depuis des mois, dévorèrent le chevreuil et le pain de très grand appétit. Blancheflor elle-même mangeait avec un visible plaisir, si bien que le repas se termina très vite et sans qu'un mot fût prononcé.

Après quoi, la demoiselle et plusieurs de ses chevaliers accompagnèrent Perceval à sa chambre. Les autres, ainsi que la plupart des sergents, se préparèrent à une nuit de veille et de vigile : depuis le premier assaut des troupes assiégeantes, on craignait une nouvelle traîtrise de leur part, une attaque nocturne en contradiction avec toutes les lois de la chevalerie.

Perceval vit avec satisfaction que le lit qu'on lui offrait était des plus confortables. Il n'en demandait pas davantage. Après lui avoir souhaité le bonsoir, les chevaliers se retirèrent.

Blancheflor hésita, puis, baissant les paupières, posa ses doigts fragiles sur le poignet du jeune homme.

— Si j'osais, chevalier...

Tout autre que lui aurait été troublé de ce contact, ému par cette voix soudain timide. Mais Perceval ne s'aperçut de rien. Ce lit, cet oreiller, ces couvertures épaisses, c'était tout ce qui l'intéressait pour l'instant. Il avait beaucoup chevauché, et dormi plusieurs nuits dans la forêt. Il bâilla, s'étira.

Les pommettes de la jeune fille rougirent. Elle recula d'un pas.

— Pardon, chevalier. Vous avez sommeil...

— En effet, reconnut-il en tâtant le matelas.

— Je vous laisse donc.

Et elle quitta vivement la chambre.

Ce n'est que lorsqu'elle eut refermé la porte que Perceval songea comme il avait aimé la subite rougeur de ses pommettes, qui rehaussait son teint, blanc comme la fourrure d'un renard des neiges, et s'accordait au vermeil brillant de ses lèvres. Pensée fugitive, éphémère, qui s'enfuit de son esprit dès qu'il se fut étendu sur le lit. Il s'endormit aussitôt, sans souci et sans rêve.

***

Mais, si Perceval dormait comme un jeune animal dans une tanière bien chaude, Blancheflor, quant à elle, ne put fermer l'œil. Elle se tournait et retournait sur sa couche, sans parvenir à chasser l'angoisse qui la tenaillait depuis quelques jours. Depuis que son vieux sénéchal, qui s'occupait depuis toujours de l'intendance du château, lui avait appris qu'il ne restait pratiquement plus rien des réserves de grain et de viande séchée. Le moment arrivait, s'ils ne voulaient pas mourir de faim, où il faudrait faire un choix terrible : ou bien ouvrir les portes de la citadelle et se soumettre aux hommes de Mordret ; ou bien tenter une sortie, un affrontement à un contre dix, et mourir au combat. Dans les deux cas, Mordret aurait gagné. Et quant à elle... elle n'osait pas même imaginer le sort qui lui serait réservé...

Or, ce jeune chevalier, formé par Gauvain, s'était présenté ce soir chez elle. Elle ne pouvait croire que ce fût un hasard. Dieu l'avait voulu. Certes, elle trouvait les manières de ce Perceval assez inattendues — pour ne pas dire grossières. Et elle connaissait sur lui deux secrets qu'elle aurait dû lui confier dès qu'il s'était présenté. Mais, après tout, que lui importait ? Elle ne lui demandait pas de savoir tenir une conversation, et il serait toujours temps, plus tard, de lui avouer ce qu'il devait savoir... Plus elle y réfléchissait, dans l'anxiété de l'insomnie, plus elle se disait qu'une seule chose comptait : qu'il sache combattre comme un élève de Gauvain devait savoir le faire. Elle disposait au château d'une vingtaine de chevaliers d'excellente éducation — des causeurs remarquables, et délicats, et drôles. Aucun, cependant, qui soit capable, avec une épée et un cheval, d'accomplir l'exploit qui seul — elle en était certaine, à présent, et se redressa sur son lit — les sauverait, elle-même et sa citadelle.

Elle revêtit sur sa chemise un court manteau de soie écarlate et, pieds nus, sans plus se soucier des convenances, sortit de sa chambre et courut silencieusement dans la coursive jusqu'à la porte de Perceval.

Il dormait comme un enfant. Elle alluma une courte chandelle et examina son visage. Un adolescent. À peine si un très fin duvet dorait son menton et ses joues. Pourtant, elle l'avait vu porter des armes de chevalier, monter un destrier de grand prix, il lui avait dit avoir été formé par Gauvain, et elle était sûre qu'il ne mentait pas. Il fallait qu'elle ose. Il fallait le convaincre, le circonvenir. « Le séduire, s'il n'y a pas d'autre moyen », se dit-elle enfin.

Elle s'agenouilla au chevet. Et là, sa décision prise, elle donna libre cours à son angoisse. Elle s'abandonna à elle-même. Elle pleura. Son visage fut bientôt noyé de larmes. Des sanglots lui soulevèrent la poitrine, elle hoqueta, soupira. Tant et si bien que Perceval finit par ouvrir les yeux.

Surpris, il vit le visage défait de Blancheflor penché sur lui. Par réflexe, il lui posa la main sur l'épaule.

— Que vous arrive-t-il ? Pourquoi pleurez-vous ?

Elle inclina tristement la tête sur le côté et frotta sa joue à la main de Perceval.

— Je pleure parce nous allons tous mourir, chevalier...

— Quoi ?

— Je pleure sur mes chevaliers, mes varlets, mes serviteurs, mon château et moi-même. Demain, ou le jour d'après, nous serons à la merci des hommes de Mordret...

— Comment cela ?

Elle sentit qu'il était attentif — et troublé : sa main ne la quittait pas et, comme par distraction, lui caressait doucement l'épaule. Elle se glissa dans le lit auprès du jeune homme et s'étendit contre son flanc.

— Vous avez mangé avec nous ce soir nos derniers pains, lui souffla-t-elle à l'oreille en se blottissant davantage contre lui, qui ne se défendit pas. Depuis six mois, Aguingueron, qui dirige le siège pour Mordret, nous affame sans pitié. J'avais trois cent dix chevaliers ; il ne m'en reste que vingt. Les autres, quand ils ne sont pas morts au combat ou de maladie, m'ont trahie. Même si nous le voulions, nous ne pourrions affronter demain Aguingueron et ses hommes sans y périr jusqu'au dernier...

— J'ignore qui est cet Aguingueron. Mais s'il est chevalier, il ne vous tuera pas, ma belle.

— Ce sera bien pire : je serai sa captive. Il me livrera à Mordret. Je préférerais mourir de mes propres mains !

Il la serra contre lui, fermement.

— Vous ne ferez pas cela ! Je vous l'interdis.

— De quel droit, chevalier ? Puisque je n'aurai pas d'autre choix...

Il la serra davantage, et il éprouva une sensation qu'il n'avait jamais connue : une chaleur et une exaltation de tout le corps qui, à la fois, le rendaient incompréhensiblement heureux et lui brouillaient l'esprit. Il tâcha de se reprendre.

— Écoutez, Blancheflor, il y a certainement une autre solution...

— Oui, murmura-t-elle, il y en aurait une...

Elle approcha ses lèvres de la bouche de Perceval, l'en effleura. Il n'osa plus bouger. Il avait oublié toutes les recommandations de Galehot sur la conduite à tenir avec les demoiselles. Il respirait le parfum de Blancheflor, il s'imprégnait de sa chaleur, il ne pensait plus à rien.

— ... Il suffirait... il suffirait d'un chevalier... D'un chevalier d'assez de prouesse et d'assez haut lignage... Qui ne craigne pas de défier Aguingueron...

Elle lui caressa la joue, l'embrassa. Il n'avait jamais rien éprouvé de pareil.

— Pourquoi, demanda-t-il d'une voix enrouée, pourquoi l'un de vos chevaliers ne l'a-t-il pas déjà fait ?

— Plusieurs s'y sont risqués. Ils ont été vaincus. Humiliés. Aguingueron est un géant...

Tout à coup, elle s'écarta de lui, lui tourna le dos, se remit à sangloter.

— Je ne sais pas pourquoi je vous raconte cela, chevalier... Vous ne pouvez rien contre mon malheur... Demain, dès que vous serez parti, je ferai ouvrir les portes de la citadelle, et que Dieu me protège !

Elle fit mine de quitter précipitamment le lit. Il l'agrippa par l'épaule, la força à se recoucher auprès de lui. Elle résista un peu, à peine

— juste assez pour qu'il croie qu'elle pourrait lui échapper.

— Blancheflor, déclara-t-il, il est hors de question que je vous abandonne à qui que ce soit. Et encore moins à Mordret. S'il suffit qu'un chevalier combatte cet Aguingueron...

— Personne ne peut le vaincre...

— Si, je le peux, dit-il avec cette simplicité dans l'orgueil qui le caractérisait.

Elle feignit à nouveau de vouloir s'arracher à lui, partir.

— Non, protesta-t-elle, vous ne connaissez pas Aguingueron !

— Quoi donc ? A-t-il plus de bras, de jambes ou de tête que moi ? Non, n'est-ce pas ? Alors je le battrai.

— Perceval... chuchota-t-elle en approchant ses lèvres de la joue du chevalier.

— C'est dit. N'en discutons plus. Mais je vous réclame une faveur...

— Je vous écoute...

— Passez la nuit avec moi dans ce lit. Il est bien assez large pour deux. Nous y dormirons très bien ensemble.

— Vous croyez ?

— Je le désire.

— Alors... moi aussi...

***

Blancheflor s'éveilla la première, peu avant l'aube. Elle courut silencieusement à sa chambre. Ni sa cameriste ni ses servantes n'étaient encore debout. Elle recoiffa elle-même ses longs cheveux, puis se vêtit comme la veille au soir, de sa tunique de soie noire étoilée. Elle entendit bientôt dans les coursives les chevaliers et les sergents rentrer de leur garde de nuit et réveiller les autres. Quand le château eut repris vie, elle retourna à la chambre de Perceval.

Lui aussi était debout et rhabillé. Elle constata avec satisfaction qu'il ajustait son haubert, mais fit celle qui ne s'apercevait de rien.

— Chevalier, lui dit-elle, pardonnez-moi mon attitude de cette nuit. Je me suis laissé emporter par le chagrin et par la peur. Je vous demande de vous conduire en homme d'honneur et d'oublier tout ce qui a pu se passer entre nous.

— Pour qui me prenez-vous, ma belle? protesta-t-il. Gauvain, mon maître, m'a appris à tenir ma langue.

— Je l'en remercie, alors. Maintenant, partez. Et je vous souhaite de trouver sur votre route des lieux plus agréables et plus hospitaliers qu'ici.

Il leva les sourcils avec étonnement.

— Aucun endroit, nulle part, ne sera plus agréable et plus hospitalier qu'a pu l'être cette chambre, cette nuit.

— Chevalier, fit-elle en baissant pudiquement les yeux, je vous en prie. Nous avons dit que c'était oublié...

— Oublié ? Impossible ! Mais, rassurez-vous, cela restera secret... un certain temps.

— Que voulez-vous dire ?

Il s'empara de son épée et la ceignit à sa taille.

— Cela signifie que vous pouvez dire adieu à vos soucis. Je vais de ce pas rencontrer votre Aguingueron et le défier. Donc, ce soir, il sera mort et ses troupes lèveront piteusement le siège. En conséquence, notre... secret, nous pourrons le révéler à tous dès la fin de cette journée qui promet d'être fort distrayante.

Blancheflor fronça les sourcils.

— Comment cela ? Pourquoi ce soir révélerons-nous ce que vous appelez « notre secret » ?

— C'est tout simple, ma belle : je vais vous épouser !

Elle ne s'attendait certes pas à une telle déclaration. Elle resta cependant maîtresse d'elle-même et réfléchit à la meilleure manière d'y répondre sans avoir tout à fait l'air de la refuser.

— Chevalier, croyez que je suis infiniment touchée par votre proposition. Mais je ne voudrais pas que vous alliez vous faire tuer simplement par amitié pour moi...

— Qui parle de me faire tuer ? Et qui parle d'amitié ? Blancheflor, je vous...

— Chevalier, le coupa-t-elle précipitamment, ne prononcez pas des mots qui me briseront le cœur à jamais si vous persistez dans votre folle entreprise. Vous n'êtes pas d'âge ni de taille à tenir tête à un chevalier aussi dur, aussi fort et aussi grand que celui qui vous attend dehors, devant ces murailles.

De rage, il tapa du pied, comme un enfant.

— Ma belle, s'écria-t-il, votre Aguingueron serait-il trois fois plus géant que vous le prétendez, rien ne m'empêchera d'aller le combattre !

Furieux, il saisit son écu vermeil et marcha à grands pas vers la porte.

— Vous avez raison ! J'ai eu tort de mettre une condition à ma victoire.

Avant de disparaître dans la coursive, il se retourna brusquement vers Blancheflor.

— Quoi que vous disiez, vous ne me ferez pas renoncer à ce combat ni à mon amour pour vous !

— Perceval... Je dois vous faire un autre aveu...

Mais il était parti.

Elle ne le poursuivit pas. Il s'était conduit exactement comme elle escomptait qu'il le fît : c'était pour elle l'essentiel. Si elle avait semblé vouloir le retenir, l'obliger à renoncer, ce n'était que pour mieux piquer son orgueil. Sans doute, se dit-elle, elle avait mal agi envers lui. Elle l'avait séduit, elle avait feint la tendresse afin qu'il combatte pour elle, elle lui avait tu ce qu'elle savait de... Mais, avant d'être une jeune femme, elle était, depuis la mort de son père, le seigneur de cette citadelle, la responsable devant Dieu de la vie de ses derniers chevaliers et serviteurs, ses derniers fidèles. Qu'il vainque Aguingueron, s'il en était capable. Ensuite...

Ensuite, elle devrait lui apprendre le double secret qu'elle avait soigneusement gardé pour elle lorsque, se présentant, elle avait reconnu en lui le Perceval qui...

Mais c'était une autre histoire.

***

Chevaliers et écuyers accompagnèrent le jeune homme jusqu'à l'entrée de la citadelle.

Les sergents en faction lui livrèrent passage et lui ouvrirent la grand-porte.

— Monsieur, lui dirent-ils, que Dieu vous vienne en aide. Et malheur à Aguingueron qui a pris la vie de nos chevaliers !

Quand il vit les larmes couler sur les joues de ces hommes, Perceval en fut trop ému pour leur répondre. Il talonna son destrier, qui s'élança sur le pont au-dessus des douves, en direction du camp des assiégeants.

Ceux-ci avaient remarqué sa sortie. Les gardes s'étaient donné le mot : « Un chevalier inconnu approche ! » On vint chercher Aguingueron dans sa tente, où, à demi nu, il déchiquetait un lièvre rôti à grands coups de mâchoire.

— Eh bien ? grogna-t-il quand un sergent entra.

— Seigneur, un chevalier vient de quitter la citadelle. Il avance vers nous.

Aguingueron ricana, puis, se renversant sur son siège, se frappa la poitrine. Elle était large et musclée comme le poitrail d'un cheval de labour. Ses bras étaient plus épais que les cuisses du meilleur de ses chevaliers. Il se dressa d'un coup. Immense, il touchait presque du front la toile de sa tente.

— Quelle est cette ultime farce ? N'ai-je pas assez terrassé de ses chevaliers, que Blancheflor m'en envoie encore ?

D'un geste brutal, il jeta à terre la table sur laquelle il mangeait.

— Qu'on vienne me vêtir et m'apporter mes armes ! rugit-il. Je vais fesser ce chevalier comme il le mérite ! Et proclamez dans tout le camp qu'avant la nuit tombée nous serons dans Beau Repaire ! Et moi, dans le lit de la prétentieuse Blancheflor !

Le sergent s'éclipsa aussitôt. Peu après, cinq varlets entrèrent dans la tente et s'affairèrent à armer le géant Aguingueron. Son haubert était si lourd qu'il fallait deux jeunes gens pour le soulever et le lui fixer sur le torse.

— Dépêchez-vous !

Deux varlets s'agenouillèrent pour lui attacher ses éperons. Un autre lui présenta son épée. Un autre encore lui proposa son heaume. Aguingueron l'écarta avec mépris.

— Il n'y a plus un chevalier digne de ce nom chez Blancheflor. Elle m'envoie un malade ou un vieillard. Je n'ai pas besoin de heaume. Je vais le culbuter comme à l'exercice !

Le géant sortit de la tente. Dehors, un destrier robuste et charnu avait été préparé pour la joute. Le pied à l'étrier, aidé par deux sergents et deux varlets, Aguingueron souleva son impressionnante masse de muscles et de métal, et se mit en selle. Il saisit dans un seul poing la double bride.

— Allons punir le présomptueux !

On lui présenta sa lance. Il la prit et la cala sous son aisselle comme s'il s'était agi d'une simple et frêle branche. Il mit son destrier au trot.

— Que tout le monde se prépare à entrer dans la citadelle ! ordonna-t-il. Ce siège n'a que trop duré.

Il contourna les tentes jusqu'à la lisière du camp. Ses troupes, déjà, s'étaient rassemblées aux abords, attendant le combat. Il vit, sur les remparts, les hommes de Blancheflor, eux aussi spectateurs. Ce n'est qu'après avoir reconnu la silhouette de la demoiselle parmi ses chevaliers, entre deux créneaux, qu'il consentit à jeter un regard à son adversaire.

Et, aussitôt, il éclata de rire.

Sans doute, ce n'était pas un vieillard ni un malade qu'on lui envoyait. C'était plus drôle : un gamin ! Un gamin blond, sans heaume, aux joues roses et glabres de petit varlet.

— Allons ! s'exclama-t-il dans un dernier éclat de rire. Je ne peux pas t'affronter : hier encore, tu tétais ta mère ! Retourne dans son giron, et restons-en là !

À sa surprise, le jeune homme lui répondit par d'autres éclats de rire.

— Allons, chevalier ! Vous êtes si gros et si lourd que votre cheval doit prier Dieu qu'on vous jette à terre ! Il me sera reconnaissant de le soulager de vos énormes fesses !

Une rumeur stupéfaite parcourut les rangs des assiégeants. Aucun d'entre eux n'aurait même imaginé qu'on pût défier leur chef sur ce ton injurieux. Aguingueron lui-même fut pris de court et ne put répliquer immédiatement.

— Eh bien ? lui lança Perceval. Avez-vous déjà fini de vous payer de mots ? Vous avez tort, gros homme, car ce sont sans doute les derniers que vous prononcerez avant que je vous envoie en enfer !

— Au diable tes boniments ! rugit Aguingueron. Montre-moi si tu soutiens aussi vaillamment l'assaut que ta langue est bien pendue !

— Je vais démontrer cela à l'instant. Mais d'abord entendons-nous : lorsque je vous aurai vaincu, vos troupes lèveront le camp et abandonneront le siège de cette citadelle !

— Tout ce que tu veux, petit gars ! Je pourrais aussi bien te promettre la lune, les étoiles et tout l'univers ! Crois-moi : tu es déjà mort !

Il n'avait pas même prononcé la dernière

syllabe que Perceval éperonnait sa monture. Les deux chevaliers s'élancèrent l'un contre l'autre. Ils tenaient chacun fermement sa lance à main droite, son écu à main gauche. Perceval était fou d'orgueil, Aguingueron fou de rage. L'orgueil fut plus malin que la colère. Alors que le géant se jetait de toute sa force contre son adversaire, celui-ci, d'un habile mouvement de bouclier, parvint à dévier le coup, tandis que sa propre lance percutait l'écu d'Aguingueron en plein centre. Elle vola en éclats, sous la violence extrême du choc. Le géant vida les étriers, bascula en arrière, chuta de cheval. Il se retrouva à plat ventre dans la poussière.

Perceval ne voulut pas profiter de cet avantage, pourtant décisif. Au lieu de charger à nouveau l'homme à terre, il arrêta son cheval et démonta. Il dégaina son épée.

— Relève-toi, gros homme ! Voyons si tu es moins maladroit les pieds au sol que le cul en selle !

Aguingueron, étourdi, se mit à genoux. Il entendit ses hommes hurler son nom pour l'encourager. Il reprit ses esprits. Il se dressa sur ses pieds, tira son épée et, grognant comme un sanglier, se précipita sur son jeune adversaire.

Dès lors, Perceval ne fit que se jouer de lui. Il était plus agile, plus rapide et plus souple. Aguingueron frappait de toutes ses forces — et ses coups ne rencontraient que le vide, sa lame s'enfonçait dans la terre. Perceval faisait un pas de côté, bottait les fesses du géant, s'écartait vivement et lui criait :

— Allons, allons ! Viens apprendre à te battre, gros homme !

L'humiliation d'Aguingueron prit fin quand Perceval, lassé, le décida. En trois passes d'escrime, il contra les attaques peu inspirées du géant, puis, d'un dernier coup, arracha l'épée de ses poignets fatigués.

À bout de souffle, Aguingueron tomba à genoux, puis courba la nuque.

— Par tous les saints..., murmura-t-il, stupéfait. Tu as gagné...

Perceval, excité par son triomphe, leva sa lame... mais ne l'abattit par sur le cou qui s'offrait. Il s'était tout à coup rappelé la recommandation de Gauvain : « Si ton adversaire est vaincu, ne le tue pas sans raison. »

— Jeune ami, disait justement Aguingueron, je reconnais ma défaite. Épargne-moi. Je t'en prie.

Perceval prit une profonde inspiration, ses muscles se relâchèrent, ses nerfs s'apaisèrent, il posa la pointe de son épée au sol.

— Pourquoi devrais-je te laisser la vie?

— Tu mérites, certes, de me la prendre. Mais à quoi cela te servirait-il? Qui croira qu'un gamin comme toi, sans traîtrise, a vaincu un guerrier de ma sorte? Personne... Alors que si tu me laisses la vie, je promets de me porter devant tous comme le témoin de ma propre défaite. De ta victoire.

— Et alors? Je compterai bientôt tant de victoires qu'on ne pourra mettre en doute que je t'ai humilié!

— Chevalier, une dernière fois, fais-moi grâce. Je me mets à ton entière disposition.

— Je n'en ai que faire. À moins, peut-être, que tu ne te mettes au service de Blancheflor.

Aguingueron secoua la tête.

— Impossible, jeune ami. Je suis cause de la mort de son père et de la plupart de ses chevaliers. À peine aurai-je franchi ses remparts qu'elle me fera jeter dans le plus noir de ses cachots, la plus profonde de ses oubliettes...

Perceval leva son épée.

— Alors, tu as choisi ton sort.

— Non, jeune ami, attends... Voici ce que je te propose : dès à présent, je lève le siège et je pars avec ceux de mes hommes qui me resteront fidèles jusqu'à Camaalot*. Le roi Arthur, qui a quitté Carduel, s'y est installé depuis une semaine. J'y porterai témoignage de ta victoire sur moi et je me mettrai au service de ton roi.

Perceval réfléchit un instant. La proposition était tentante et flatteuse. Il songea à la tête que ferait ce vieux sénéchal bougon de Ké en voyant arriver les captifs qu'il envoyait à Arthur. Il rengaina son épée et posa sa main sur l'épaule du géant.

— Relève-toi. J'accepte ton offre.

Aguingueron baisa humblement la main du jeune chevalier.

— Désormais, je suis ton obligé. Je te dois une vie.

Peu après, plusieurs chevaliers sortirent de la citadelle et rejoignirent Perceval pour le féliciter. Il prit leurs compliments avec simplicité, naturel et une certaine impatience. Une seule chose maintenant lui importait : retrouver Blancheflor. Il ne doutait pas que la prouesse qu'il venait de démontrer lèverait ses réticences à accéder à son vœu : l'épouser. Par devoir, il se contraignit à demeurer quelque temps pour assister au démontage des tentes, au harnachement des chevaux, puis, quand il fut certain que sa mission était accomplie, que le siège était levé, il salua une dernière fois Aguingueron, lequel lui renouvela sa promesse de se rendre chez Arthur et l'assura d'une fidélité jusqu'à la mort.

Les deux hommes se serrèrent la main.

— Dieu te garde, Perceval.

Le géant tourna bride. Le jeune chevalier l'imita et, n'y tenant plus, éperonna son destrier.

Dans l'enceinte de Beau Repaire, Perceval fut acclamé. Il ne ralentit pas l'allure avant d'être entré dans la cour du château. Il sauta à bas de son cheval. Il se hâta jusqu'à la salle.

Là, entourée de quelques chevaliers, Blancheflor l'attendait. Elle lui tendit gracieusement la main. Il mit un genou à terre, déposa les lèvres sur ses doigts et dit :

— Vous avez recouvré votre liberté, demoiselle.

— Merci.

Il leva les yeux vers elle. Elle était grave, lui parut soucieuse.

— À présent, ajouta-t-il, je viens vous demander de lier votre liberté à la mienne.

Elle ferma les paupières, détourna la tête.

— J'ai honte...

— Mais... de quoi, demoiselle?

— J'aurais dû vous en parler dès hier soir. Je n'ai pas pu. Je n'ai pensé qu'à moi, à mes hommes, à mon château... Pardonnez-moi.

Effaré, il se redressa.

— Je ne comprends rien à ce que...

Elle l'interrompit d'un geste. Elle se dirigea vers la petite pièce au plafond étoilé. Il la suivit. Ils étaient seuls.

Tandis qu'elle faisait quelques pas, l'air pensif, il s'immobilisa et, bouillant d'impatience, attendit. Enfin, elle tourna les yeux vers lui. Leur tristesse, dont il ne comprenait pas la cause, lui toucha douloureusement le cœur.

— Perceval, je vous dois deux aveux. Le premier, je ne l'ai compris que cette nuit, lorsque, me racontant vos aventures, vous m'avez appris d'où vous veniez et qui était votre mère. Nous sommes cousins.

Elle s'approcha de lui.

— Votre mère et la mienne étaient sœurs.

Il secoua la tête, comme s'il ne pouvait pas le croire.

— C'est la vérité, Perceval. Nous sommes cousins germains. Ce que nous avons fait ensemble cette nuit, Dieu nous protège, était doublement un péché...

— Mais... puisque nous ne le savions pas !

— L'amitié que nous avons aussitôt ressentie l'un pour l'autre aurait dû nous alerter. C'était la voix du sang. Nous avons été assez fous pour la confondre avec celle de l'amour.

— Et quand bien même ! rugit-il. Quand

bien même nos mères seraient sœurs, cela n'empêche pas l'amour !

Elle vint à lui. Elle lui prit les mains, avec douceur.

— Vous savez bien que si, Perceval. Cet amour-là nous est interdit. Par la loi, par l'Église.

Il s'écarta d'elle, fou de rage, de frustration.

— Je vous aime, Blancheflor ! Je vous veux !

— Doux ami, mon cousin, lui dit-elle à mi-voix, je comprends ce que vous ressentez. Mais ce n'est pas la seule chose que je dois vous apprendre...

— Alors, faites vite. Il ne peut y avoir pire...

— Écoutez-moi, lui dit-elle en lui reprenant les mains, et pardonnez-moi d'avance ce nouveau chagrin.

— Parlez...

— Dès après votre départ, votre mère, Perceval, est tombée très malade.

— Ma mère... ?

Accablé par ce nouveau coup du sort, il ne put ajouter un mot.

— Je n'aurais pas été retenue dans ce château, je me serais précipitée auprès d'elle. À présent, grâce à vous, je le ferai, s'il le faut. Mais, mon cousin...

Enserrant ses mains entre les siennes, elle les déposa sur sa poitrine.

— ... c'est à vous d'aller la voir. C'est vous qui lui manquez.

Et, sans se rendre compte qu'elle était sans pitié, elle crut bon d'ajouter :

— C'est, je crois, de votre absence qu'elle meurt.

— NON !

Le hurlement de Perceval fut si cruel qu'il résonna, sembla-t-il, dans toutes les pièces du château. Il s'arracha aux mains de Blancheflor, quitta la petite salle en courant, passa au milieu des chevaliers sans les voir, les yeux brouillés de larmes et le cœur plein de culpabilité.

Dans la cour, il vit son destrier qu'on menait aux écuries. Il bouscula, renversa les écuyers, sauta en selle et se jeta au galop.

Il devait rentrer chez lui. Il devait rentrer à la Forêt Perdue.

Mais il avait beau pousser son cheval à la limite de son allure et de ses forces, il ne parviendrait plus jamais à échapper à cette image : sa mère, frêle silhouette, s'effondrant à l'entrée de leur manoir — ni à cette certitude atroce : en l'abandonnant, en lui désobéissant, c'était lui, *LUI*, qui l'avait tuée.

7

L'épée d'amour

Aguingueron était un homme simple. Il avait servi Mordret sans jamais se poser de questions : en sa qualité de vassal, il lui devait obéissance et fidélité entières. S'il s'était montré impitoyable face à ses ennemis, c'était simplement pour accomplir son métier de chef de guerre. Vaincu en jugement par Perceval, gracié à l'issue de sa défaite, il se devait de suivre en tout point les lois de la chevalerie. Et ces lois lui enjoignaient de se mettre avec autant de conviction au service de son vainqueur.

Aussi, après avoir donné à ses troupes l'ordre de marcher vers Camaalot pour s'y constituer prisonnières, prit-il la décision de les précéder. Il choisit les trois roncins les plus robustes de l'armée, enfourcha le premier et emmena les deux autres à sa suite. Il put ainsi galoper presque nuit et jour. Un roncin épuisé, il sellait et harnachait le deuxième et reprenait sa route. Quand il parvint aux portes de Camaalot, sa troisième monture, à bout de forces, s'effondra sous lui.

La nuit était tombée. À pied, il se présenta aux gardes. Sa stature et son autorité suffirent à les persuader de le laisser entrer. Un sergent lui proposa un cheval. Il traversa la ville jusqu'au château. Là, des varlets vinrent à sa rencontre. Il leur laissa le cheval, refusa le manteau de soie dont l'un d'eux cherchait à lui couvrir les épaules, et s'aperçut soudain qu'il avait passé trois jours et deux nuits sans dormir et sans manger. Il eut un étourdissement. Il parvint jusqu'à l'entrée de la salle. Ses proportions, le nombre et la taille de ses cheminées où rôtissaient des sangliers et des chevreuils, le nombre et la taille des bougies qui l'éclairaient, la foule de chevaliers, de demoiselles et de serviteurs qui s'y pressaient, discutaient, riaient — tout cela acheva de l'étourdir. Il tomba évanoui.

***

— Et donc, il n'avait pas de barbe aux joues, il faisait la moitié de vous, et il vous a battu en jugement ?

— Je vous l'ai dit.

— Et il portait, prétendez-vous, des armes rouges ?

— Une tunique violette aussi...

— Et vous a-t-il donné son nom ?

Étendu sur une couche dans un coin de la salle, Aguingueron ferma les yeux pour ne plus voir ces visages et ces visages qui n'en finissaient plus de se pencher sur lui et de l'agonir de questions.

— Non... Non, dit-il. J'ignore comment il s'appelle.

— Vous vous êtes battus, pourtant ? grinça une voix désagréable.

— Battus, certes, mais pas présentés. Je l'appelais « gamin », il m'appelait... il m'appelait « gros homme ».

On éclata de rire. Aguingueron se redressa d'un coup et grogna :

— Ça suffit !

Les rires cessèrent aussitôt. Puis le géant vit la foule des visages, des grimaces, des rires s'écarter, livrant passage à un homme d'assez haute taille, à la barbe blonde, au regard scrutateur.

— Ton histoire m'intéresse, Aguingueron.

Viens t'asseoir à ma table. Je suis sûr que tu as faim.

— Ah, ça, oui!

Le géant se mit debout et suivit l'homme blond jusqu'à une table où seuls étaient restés assis un chevalier de noble et tranquille apparence et une jeune femme d'une très grande beauté.

— Aguingueron, dit l'homme blond, voici Guenièvre, mon épouse, et Gauvain, mon neveu. Quant à moi, je suis Arthur. Le roi que tu as combattu en faisant allégeance à Mordret.

— Sire, protesta le géant, depuis mon serment au «gamin», je suis à votre service.

— Ravi de l'entendre. Assieds-toi. Et racontenous ce que tu sais. Quand as-tu vu Mordret pour la dernière fois?

— La veille de ma joute contre le «gamin». Mordret est parti au crépuscule, certain que la citadelle se livrerait à mes troupes dès les jours suivants.

— Où allait-il? demanda Gauvain, en poussant vers le géant une oie farcie.

Narines écarquillées, Aguingueron huma l'arôme de la volaille. Sa main énorme s'abattit sur le plat, arracha une cuisse fumante à la carcasse rôtie et la porta à sa bouche. Il y planta ses dents avec la satisfaction d'un loup égorgeant une brebis.

— Je t'écoute, reprit Gauvain.

— Oui, nous t'écoutons, dit Arthur.

— Voilà, dit Aguingueron. Le plan de Mordret est tout simple. Il va s'emparer de Carduel. Vous y avez laissé peu d'hommes. Mordret en connaît, je crois — il y a grandi —, toutes les faiblesses, toutes les issues, tous les souterrains, tous les secrets.

Aguingueron déchiqueta entre ses doigts la viande accrochée aux os de la cuisse d'oie. Il la fourra dans sa bouche. La graisse lui coula sur le menton, dans la barbe et le cou. D'un même mouvement, Gauvain et Arthur se penchèrent vers lui.

— Et ensuite?

— Ensuite? répliqua le géant, la bouche pleine. Ensuite, c'est très facile...

Il se pencha à son tour sur la table. Il empestait le cheval — la sueur des trois roncins qu'il avait crevés sous lui pour parvenir à Camaalot. Son large faciès vaguement souriant s'approcha, en conspirateur, des visages d'Arthur et de Gauvain.

— Disons que Mordret s'empare de Carduel sans presque aucune opposition. Cela semble naturel, non?

Arthur et Gauvain l'approuvèrent d'un imperceptible mouvement de tête.

— L'hiver, n'est-ce pas, commence dans une semaine ? reprit le géant. Et, juste avant l'hiver, Sire Arthur, quelle est votre habitude ? Vous retournez à Carduel. On dit qu'il y a là-bas meilleur hiver qu'à Camaalot, que la mer et ses vents adoucissent le climat, que, lorsque vous y arrivez, les cheminées flambent comme l'Enfer, et qu'il y fait encore plus chaud que chez le Diable.

Aguingueron hésita, haussa une épaule.

— Je n'en sais rien, moi. Je n'ai jamais eu l'honneur d'être reçu à Carduel. Mais beaucoup le disent, en Angleterre, en Écosse, et jusqu'en Irlande.

— Qu'en savent-ils ? répliqua Gauvain. Ils côtoient Satan de si près qu'ils connaissent la chaleur de ses flammes ?

Arthur posa sa main sur le poignet de son neveu pour qu'il reprenne son calme. Gauvain se tut.

— Aguingueron, dit le roi, tu prétends donc que Mordret va investir Carduel ?

— Oui, Sire. Peut-être y est-il cette nuit, déjà, tandis que nous discutons...

— Et ensuite ? Quel est son plan ?

— Je vous l'ai dit : il est tout simple. Quand, dans quelques jours, vous approcherez de Carduel, des sergents, des serviteurs vous accueilleront. Vous entrerez dans votre château. Sans crainte. Vous laisserez vos roncins et vos armes aux écuyers. Vous entrerez, vos hommes et vous, dans une salle où flamberont les grands feux que vous aimez. Les tables auront été dressées. Magnifiques. Appétissantes. Vous vous y installerez, Sire, vous y inviterez votre épouse et votre neveu, Gauvain, et tous les chevaliers qui vous accompagnent. Alors...

— Alors ?

— Alors vous serez comme des rats dans une nasse... Ces sergents, ces serviteurs seront des hommes de Mordret. Ils vous attaqueront vers la fin du dîner, quand la bonne chère et le vin vous auront amollis.

— Impensable ! s'écria Arthur. Mordret est capable de tout, certes, mais pas d'un massacre, pas de cent assassinats !

— Je vous ai dit ce que je sais. Libre à vous de ne pas me croire, Sire...

Aguingueron planta ses dents dans la cuisse d'oie. Arthur regarda Gauvain.

— Quel est ton avis ?

— Je ne crois pas qu'il mente.

***

Une heure plus tard, les chevaux étaient sellés, les chevaliers et les sergents revêtus de leurs armes, le roi Arthur et son neveu Gauvain sur leurs roncins, piaffant en tête de l'armée. Après un court conciliabule avec Gauvain et ses meilleurs chevaliers, Arthur avait décidé de tenir pour vraisemblables les révélations du géant Aguingueron et de marcher aussitôt sur Carduel. Tous étaient d'accord : la guerre contre Mordret couvait depuis trop longtemps, il fallait agir. C'est donc dans une effervescence assez joyeuse que les chevaliers s'étaient préparés à la hâte. Ils avaient d'autant plus envie de combattre que le traquenard tendu par Mordret, selon Aguingueron, allait contre toutes les lois de la guerre et de la Table Ronde. Et qu'il serait, pensaient-ils, très drôle de le prendre à son propre piège.

La plus grande partie des varlets demeurèrent à Camaalot, sous les ordres d'Urien. Il fallait assurer la protection de la reine. Guenièvre n'accompagnait pas son mari, qui ne voulait lui faire courir aucun risque. Pour que l'on croie néanmoins à son entrée à Carduel et que Mordret et ses hommes, s'ils l'avaient déjà investi, ne conçoivent aucun soupçon, Galehot s'était proposé pour prendre sa place. Il s'était rasé de près, déguisé en Guenièvre et voyageait dans une litière avec ses suivantes. Certains chevaliers, pour plaisanter, le déclarèrent « très jolie femme ». Il fallut que Gauvain intervienne, sèchement, pour les rappeler à l'ordre.

— Ou bien vous vous taisez immédiatement, ou bien c'est vous tous que je fais déguiser en femme !

Les rires s'éteignirent. Personne ne désirait porter une robe ; personne non plus ne souhaitait affronter les colères, rares mais célèbres, du neveu du roi.

Les cavaliers se mirent en route trois heures après la nuit tombée. Ils emmenaient avec eux de nombreux chevaux de rechange, de manière à parvenir plus vite à destination. Une trentaine de sergents portaient des torches ; le ciel était noir. Et c'était un spectacle inquiétant que ces hommes à cheval, silencieux, qui avançaient dans les ténèbres, le reflet rougeâtre des flammes jouant sur le métal de leurs hauberts et de leurs heaumes.

Ils avaient à peine fait quelques lieues quand Arthur, qui chevauchait toujours en tête, crut apercevoir une silhouette de cavalier, se déplaçant en sens inverse, à quelques pas de la route, le long de la lisière des bois.

— Tu as vu ? demanda-t-il à Gauvain dont le roncin avançait flanc à flanc près du sien. Là-bas, cet homme... ?

— Où cela ? Quel homme ?

Le roi tendit le bras pour le désigner au moment même où une soudaine trouée dans les nuages d'automne occultant le ciel découvrit une lune à son premier quartier. Une lumière gris argent nimba la silhouette du cavalier. Juste un instant, avant que la course des nuages cache à nouveau la lune. Assez, cependant, pour que Gauvain murmure :

— Non... Je n'y crois pas...

— Tu l'as reconnu, n'est-ce pas? dit le roi.

— Et vous aussi?

— Oui. C'est Lancelot, j'en suis sûr.

— Une ombre, mon oncle... Rien qu'une ombre. D'ailleurs, je ne le vois plus.

— Mais tu l'as vu? s'exclama Arthur. Ce ne pouvait être que lui.

— Comment serait-il là? Et pourquoi, si c'était lui, passerait-il à l'écart?

— Je sais que c'est lui! Tu l'as reconnu toi aussi. L'ambassade de Guenièvre a été un succès. Merlin a rendu sa liberté à Lancelot!

Exalté, le roi écarta sa monture pour laisser passer son armée. Gauvain le rejoignit.

— Qu'allez-vous faire, Sire?

— Tu ne comprends pas? Si Lancelot est de retour, nous n'avons plus rien à craindre de Mordret! Il est le meilleur des chevaliers, il est revenu pour sauver mon royaume!

— Sire, tant d'années ont passé...

— Qu'importe ! s'écria Arthur. Continue à conduire nos hommes jusqu'à Carduel.

— Qu'allez-vous faire, Sire ?

— Je vais rattraper Lancelot, lui et moi nous vous rejoindrons, et que Mordret alors prenne garde !

— Sire...

— Allez, neveu ! Exécute mes ordres !

Ces derniers mots à peine prononcés, le roi talonna son roncin et partit à la poursuite d'une ombre — d'un souvenir — d'un espoir.

***

Lancelot — car c'était lui — avait sciemment évité de rencontrer la troupe qui marchait à la lumière des torches. Depuis que Merlin l'avait délivré des enchantements de Morgane, libéré du Val sans Retour, il avait franchi des forêts, des vallées, des rivières. Il n'avait qu'une idée en tête : revoir Guenièvre. Une obsession d'autant plus étrange que, durant les années passées dans le Val sans Retour, il n'avait *en effet* vu qu'elle. Tout à coup, renvoyé à la réalité, il lui fallait confronter ce très long mauvais rêve, cette interminable illusion à une Guenièvre de chair et de sang. Non plus une image : une femme.

Agacé par la présence de cette armée qu'il

n'avait pas prévue, il mit, dès que la lune disparut dans les nuages, son cheval au galop et s'enfonça sous les arbres. Quelque temps plus tard, il parvint à l'entrée de Camaalot.

Une douzaine de sergents en armes en gardaient la porte principale. Une pluie glacée, épaisse, se mit à tomber. Lancelot descendit de son cheval, observa les alentours. Tout à coup, sans qu'il l'ait entendu arriver, une charrette s'arrêta à son côté.

— Eh bien ? lui lança le nain qui la conduisait. À quoi réfléchis-tu ? Tu vas prendre froid, chevalier, sous cette pluie. Ou alors te noyer !

Lancelot s'approcha de la charrette.

— J'ai l'impression que toi et moi nous sommes déjà rencontrés...

— Oh, le temps a passé. Et que vaut la mémoire ? Tu veux entrer dans Camaalot ? Et sans que les sergents te voient ?

— Tu comprends vite, nabot.

— Parce que dans mon cœur je ne suis pas ce nabot que tu vois. Je suis un homme, donc j'ai été un enfant : j'ai rêvé, moi aussi, de devenir un chevalier comme toi...

Le nain battit grotesquement des jambes.

— L'enfourchure est trop courte ! s'exclama-t-il en riant. À peine si je peux chevaucher un agneau ! Monte à l'arrière, chevalier. Prends une mine contrite. Et laisse-moi faire...

Lancelot, qui se dit qu'il n'avait pas d'autre choix, abandonna son roncin et sauta dans la charrette. Le nain fit claquer son fouet. L'attelage s'ébranla. À la grand-porte, un sergent s'interposa, saisissant le cheval de trait par le mors.

— Qu'est-ce que tu fiches là, nabot ? À cette heure, tu sais bien que les gens comme toi n'ont pas le droit d'entrer.

— Doux et aimable seigneur, dit le nain en contrefaisant la plus grande humilité, c'est le roi lui-même, que j'ai croisé tantôt, qui m'a ordonné d'amener ce criminel dans ses murs.

Le sergent jeta un coup d'œil à Lancelot. Debout dans la charrette, la barbe et les cheveux gris, dépenaillé, il avait l'allure d'un homme qui a passé des années dans un cachot.

— Qu'est-ce qu'il a fait ?

— Cela, aimable et doux seigneur, vous le lui demanderez. Quant à moi, je n'ai pas eu cette audace. Je ne suis que le nain à la charrette : j'emporte vers leur châtiment les criminels qui l'ont mérité.

Fermant un œil, le sergent, de l'autre, examina Lancelot.

— Il n'a pas l'air bien dangereux...

— Je suis de votre avis, repartit le nain,

mais ce n'était pas celui d'Arthur, notre roi, que Dieu ait en sa Sainte Garde...

Il feignit de faire rebrousser chemin à ses chevaux.

— Mais, puisque vous en prenez la décision, je désobéirai au roi.

D'un geste rapide, le sergent saisit les brides de l'attelage.

— Qui a prétendu que j'ai décidé une chose pareille? Ce n'est pas un nabot de ta sorte, ni ce vieillard, qui puissent m'effrayer.

— Parlons clair, mon doux seigneur : je m'en vais?

Le sergent jeta un dernier coup d'œil à Lancelot, jugea qu'il avait vraiment l'allure d'un manant sans importance et grogna :

— Passe. Et je ne veux plus t'entendre.

— Grand merci, doux seigneur.

— Tais-toi, te dis-je, et file!

Le sergent rendit les rênes au nain. La charrette pénétra dans Camaalot.

Elle remonta, brinquebalant dans les ornières, jusqu'à l'approche du château.

— Maintenant, chevalier, vous saurez vous débrouiller, je suppose?

Lancelot sauta à bas de la charrette. Il embrassa d'un regard les murs et les tours de la demeure royale. Ses yeux s'arrêtèrent sur une large fenêtre qui ouvrait sur les jardins.

— Merci, murmura-t-il. Et va-t'en.

— Oh, fit le nain, je m'en vais, chevalier... Le reste, ce qui va arriver à présent, ne me concerne plus.

— Adieu, lança machinalement Lancelot qui n'avait ni vraiment compris ce que le nain sous-entendait ni, en fait, pris garde à ses paroles.

Il s'avança, d'un pas décidé, vers l'entrée du château.

Il n'entendit pas le rire qui, alors, secoua le nain. Il ne le vit pas battre joyeusement de ses jambes trop courtes. Pas plus qu'il ne le vit, riant toujours, sauter hors de la charrette, se retrouver sur ses pieds, tendre ses moignons de bras vers le ciel — et se transformer. Il se mit à grandir, s'amincir. Tellement grandir et s'amincir qu'il devint une femme brune, au visage blême, au nez fin mais busqué comme un bec, aux yeux d'oiseau de proie, à l'interminable chevelure de jais.

— Va voir Guenièvre, ricana Morgane. Va la voir et l'aimer. C'est tout ce que j'attends de toi. Et moi, j'aime, j'aime, J'AIME que tu m'aides à rendre Merlin ridicule !

Elle ne pouvait plus s'empêcher de rire aux éclats. Elle entendit des sergents courir à sa rencontre. Elle se serait bien amusée à les changer en autant de rats. Mais, bon... Elle n'avait pas de temps, ni de pouvoir à gaspiller. Elle cria une formule magique — quelques mots dans une langue inconnue —, devint un chat-huant et, ouvrant le bec sur un cri moqueur, elle s'envola.

***

— C'est vous... ?

— J'étais si jeune...Vous me reconnaissez ?

— J'étais si jeune aussi, et vous me reconnaissez... Alors, c'est vous...

— Ne pleurez pas.

Lancelot s'était glissé sans encombre dans le château. De longues années auparavant, il n'y avait passé que le temps d'une fête de la Saint-Jean et de son adoubement par le roi Arthur. Mais, lors de ses nuits d'insomnie dans le Val sans Retour, il avait tant revécu le souvenir de ces quelques heures qu'il eut l'impression, grimpant des escaliers et remontant des coursives, se dissimulant dans les encoignures dès que des sergents ou des serviteurs approchaient, d'en connaître le plan comme s'il ne l'avait jamais quitté. Parvenu à la chambre de la reine, il n'avait hésité qu'un instant : il n'avait plus le droit de reculer, trop de temps avait été perdu depuis que

Guenièvre l'avait abandonné à lui-même, un matin, au bord d'une falaise.

Il était entré. La pièce était à peine éclairée de quelques bougies. Dans la pénombre d'une embrasure de fenêtre, il avait aperçu une silhouette lui tournant le dos. Il s'était doucement approché.

Elle n'avait pas sursauté. Elle n'avait poussé aucun cri. Elle s'était lentement retournée. Ils s'étaient retrouvés face à face. « Guenièvre... », avait-il murmuré. Il avait levé la main, immobilisant ses doigts tout près de ce visage que le temps semblait n'avoir pas effleuré, que lui-même n'avait pas l'audace de toucher. Elle n'avait pas changé. Il eut honte de se montrer à elle vêtu de ces haillons. Il eut honte de sa barbe grisonnante. Il eut honte d'avoir vieilli.

Elle lui sourit, et soudain il fut pris d'un doute atroce : et si, encore une fois, elle n'était qu'une illusion, un mauvais tour que lui jouait Morgane ? Comment était-il possible que rien, ni les années ni le chagrin, n'ait fané ou ridé son visage ?

À son expression, sans doute comprit-elle son étonnement, et ses doutes. Elle leva la main à son tour et prit délicatement la sienne. Elle sentit qu'il se mettait à trembler, imperceptiblement. Elle attira ses doigts jusqu'à sa joue et les y déposa.

Elle était douce, et tiède, et vivante, et *réelle*.

— C'est vous ? C'est bien vous ?

— J'attendais votre retour.

Alors il put faire enfin ce geste qui lui avait été interdit pendant des années dans le Val sans Retour : il saisit Guenièvre dans ses bras, il la serra contre lui de toutes ses forces, à l'étouffer. Les lèvres contre son cou, il respira son parfum.

— Je vous aime, dit-il.

— Lancelot...

Elle n'en avait pas l'envie, elle crut n'en trouver jamais la force — mais elle parvint à lui faire desserrer son étreinte. Elle s'écarta légèrement de lui. Elle ne pouvait pourtant lâcher des yeux ses yeux, retirer les mains qu'il avait mises sur sa taille.

— Je vous aime, répéta-t-il et cela ressemblait à une question dont il attendait et redoutait la réponse — l'écho.

Elle sut qu'elle n'avait pas le droit de lui mentir. Quelle qu'ait été sa promesse à Merlin. Elle comprenait qu'il avait trop souffert de leur séparation pour qu'elle ose le décevoir tout à fait.

— Moi aussi, Lancelot, je vous ai aimé.

Il recula d'un pas, comme si elle l'avait frappé en pleine figure.

— Vous m'*avez*... ? Vous voulez dire que... ?

— Non !

Elle l'agrippa par les épaules.

— Non, chevalier, si je vous ai aimé, c'est que je vous aimerai toujours. Mais...

— Mais ?

— J'ai dû accepter un marché avec Merlin pour obtenir qu'il vous délivre.

— Lequel ?

— Lancelot, vous le savez comme moi, notre amour est une trahison. Nous avons trahi Arthur dans nos cœurs. Et jamais nous ne pourrons nous laver de cette faute.

— Il n'y a pas de faute à s'aimer ! Je renonce à tout pour vous. Je renonce à être chevalier, je renonce à mon honneur, je renonce à ma vie.

Il l'attira contre lui. Il ne sut pas s'il la forçait ou si elle se laissait faire.

— Si vous m'aimez, renoncez aussi à vous-même. Vous ne serez plus reine, nous serons des parias, mais nous serons ensemble...

— C'est impossible, Lancelot. C'est impossible...

— Vous vous trompez. Vous n'avez qu'à le décider, à me choisir.

— Je vous le répète : mon cœur a trahi le roi. Mais mon corps lui restera fidèle.

— Mensonge !

Furieux, il se mit à arpenter la chambre.

— Vous vous mentez à vous-même ! Vous ne pouvez séparer le cœur et le corps ! Moi, je l'ai fait, Guenièvre, contraint, forcé, pendant des années, prisonnier avec votre image, prisonnier de votre image, et je ne souhaite à personne de vivre un tel enfer quotidien !

— Calmez-vous, je vous en prie...

— J'ai besoin de vous toucher, Guenièvre, besoin de vous embrasser, besoin que vous soyez à moi !

Elle ferma les yeux, lui tourna le dos, retourna dans la pénombre de la fenêtre. Comme pour s'y cacher.

— Lancelot, vous parliez de renoncer, tout à l'heure. C'est ce que nous devons faire. Nous devons renoncer à nous-mêmes. Nous n'avons pas d'autre choix.

— *Je ne veux pas !*

— Savez-vous ce qui se passe depuis votre disparition — ou, peut-être, depuis que nous nous sommes aimés contre toutes les règles que nous aurions dû suivre ? Mordret, le fils de Morgane, a patiemment rallié à sa cause la plupart des seigneurs d'Angleterre, d'Écosse et de Galles, et les envahisseurs angles et saxons. Il s'apprête à faire la guerre. Pis : il a préparé un piège pour assassiner le roi et ses chevaliers. Notre monde peut s'écrouler, Lancelot, en très peu de temps.

Elle se retourna brutalement vers le chevalier. Ses yeux brillaient d'une étrange flamme.

— Et c'est notre faute, Lancelot, notre faute ! Moi, la reine, vous, le meilleur des chevaliers, nous avons trahi notre roi ! Que valent le royaume de Logres, la Table Ronde et leurs principes, quand vous et moi les traitons par le mépris ?

— Vous êtes folle... Vous avez trop écouté Merlin, se récria Lancelot. Croyez-moi : s'il y a une bataille, une guerre, je serai le premier à me battre au côté d'Arthur !

— Alors allez vous battre ! hurla-t-elle, hors d'elle. Et laissez-moi ! Laissez-moi...

Elle éclata en sanglots. Lancelot, en quelques pas, fut près d'elle et la prit dans ses bras. Elle s'agrippa à lui et l'embrassa sur la bouche.

— Guenièvre, vous voyez bien que...

Elle le fit taire d'un nouveau baiser.

— Bien sûr, dit-elle, bien sûr que j'ai besoin de vous, besoin que vous me teniez dans vos bras... Bien sûr, je l'avoue, je voudrais lier nos corps comme nos cœurs le sont déjà. Cependant...

Elle se sépara de lui, si vite qu'il ne put la retenir. Elle alla ouvrir un coffre au fond de la chambre. Elle en retira une épée.

— Regardez : cette épée m'a été donnée par Merlin.

Elle en pointa la lame sur Lancelot.

— Nous ne sommes donc capables ni l'un ni l'autre d'accepter encore de ne pas nous toucher. Très bien. C'est ainsi. Il y a un lit dans cette chambre. Allons nous y étendre. Mais à une condition : que je plante cette épée entre nous. Nous devons nous imposer et surmonter cette épreuve.

Lancelot saisit brusquement la lame dans son poing nu. Du sang se mit à sourdre entre ses doigts.

— Vous êtes impitoyable, Guenièvre. Mais, puisqu'il le faut... Je planterai cette épée moi-même.

***

Ils s'avancèrent jusqu'au lit, chacun de son côté. D'un geste, Guenièvre en retira la couverture d'hermine. D'un geste qui semblait une réponse, ou un défi, Lancelot ficha l'épée de Merlin dans le mitan du matelas. De telle sorte que les deux tranchants de la lame menacent quiconque voudrait franchir cette frontière symbolique.

Puis, ne quittant pas du regard les yeux du chevalier, Guenièvre fit glisser sa robe. Nue, elle se coucha dans le lit. Lancelot, à son tour, retira ses vêtements — ses hardes. À son tour, il prit place, nu, dans ce lit.

Quand il vit Guenièvre si proche, il ne put s'empêcher de tendre la main pour la toucher. Son bras s'égratigna à la lame de l'épée.

— Pardon, murmura-t-il.

— Pourquoi ? dit-elle.

Et elle lui prit le bras, posa ses lèvres sur la blessure, sans cesser de le fixer dans les yeux.

Peu après, ils s'étaient endormis.

***

Quand Arthur pénétra dans Camaalot, il avait le cœur en joie. Il était certain d'avoir vu Lancelot dans cette ombre fuyant le long de la forêt. Il l'avait peu connu, mais assez pour savoir sa valeur incomparable. Son extraordinaire prouesse. Lancelot n'avait-il pas vaincu Méléagant, le ravisseur de Guenièvre ? N'avait-il pas affronté les épreuves les plus difficiles, franchi, par exemple, le Pont de l'Épée ? Pourquoi, ensuite, n'était-il jamais revenu à Camaalot pour obtenir la récompense de ses exploits, Arthur ne se l'était jamais expliqué. Lancelot, après avoir vaincu Méléagant et sauvé la reine, s'était perdu dans des combats douteux contre la plupart des chevaliers d'Écosse et d'Irlande, et contre beaucoup de ducs saxons et leurs capitaines. Certes, il les avait vaincus, mais quel besoin avait-il d'ajouter ces victoires toujours recommencées à sa prouesse contre Méléagant, qui, à elle seule, lui aurait valu, à la Table Ronde, une place à la droite du roi ? Arthur ne l'avait jamais compris.

Entrant dans Camaalot, il s'étonna de ne voir ni sergents ni chevaliers lui couper la route. Sa capitale d'été semblait, pour le moins, mal défendue dès qu'il n'y était plus. Il arriva dans la cour du château sans que personne ait tenté de l'arrêter en route. Sans doute, se dit-il pour se rassurer, est-ce parce que je suis le roi : ils m'auront reconnu de loin, n'auront pas osé me contrôler. Il lui vint néanmoins une question : et si Aguingueron s'était joué de moi ? S'il m'avait envoyé, avec mes meilleurs hommes, à Carduel, pour laisser le champ libre à une attaque surprise des hommes de Mordret ?

Arthur, descendant de cheval, jeta un coup d'œil autour de lui. Non, rien ne paraissait différent. D'ailleurs, quatre varlets se précipitaient à sa rencontre pour s'occuper de sa monture et lui proposer un manteau de soie. Il les écarta d'un geste.

— Un chevalier est-il entré ici, il y a moins d'une heure?

Les varlets se consultèrent du regard. Le moins timide d'entre eux répondit que, non, personne n'avait pénétré dans cette cour depuis le départ des troupes.

— Ne mettez pas mon cheval à l'écurie. Je repars dans peu de temps.

Arthur laissa là les varlets et entra dans la salle. Il y faisait noir. Un sergent, en faction devant la porte, se précipita et dit à son roi qu'il allait lui chercher sur-le-champ une torche.

— Inutile. Une chandelle suffira.

Le sergent alluma rapidement la mèche de ladite chandelle et la tendit à Arthur.

— Reprends ta garde. Au fait... Personne n'est entré, tout à l'heure?

— Non, Sire.

— Tu en es sûr?

— Je l'aurais vu.

La chandelle à la main, Arthur traversa la salle. La lueur tremblante de la flamme levait des ombres inquiétantes et immenses dans la vaste pièce. «J'ai dû rêver, se dit le roi. Ou bien Lancelot n'est pas venu chez moi.» Il gravit les premières marches de l'escalier menant aux chambres. «Je t'ai trop aimé, Lancelot, songea-t-il. Et j'ai, aujourd'hui, trop besoin de toi. Ce sont mon amitié et mon espoir qui ont dû susciter ton fantôme... »

Arthur longea une, deux, trois coursives, monta un autre escalier. Il régnait dans le château un silence inquiétant. Le roi se demanda encore une fois si les révélations d'Aguingueron n'avaient pas été un piège. La lueur de la chandelle ne lui ouvrait dans les ténèbres qu'un pas ou deux d'avance sur la nuit.

Il parvint devant la porte de la chambre de Guenièvre. Aucun rai de lumière sous la porte. « Elle dort, se dit-il. Elle dort, et je vais l'effrayer : elle me croit parti pour affronter Mordret. Laissons-la se reposer... »

Arthur recula d'un pas. « Allons-nous-en. » Un cri abominable lui vrilla les nerfs. Éclatant dans la coursive. À la lueur de la chandelle, il crut apercevoir l'ombre battante d'un oiseau s'engouffrant dans l'escalier. Et ce cri... « Un chat-huant », se dit-il.

Mauvais présage.

Un violent courant d'air avait failli souffler la flamme de sa bougie. Il la protégea de la main. Le cri de l'oiseau de nuit retentit à nouveau, se répercuta en écho : « Ha hi ! Ha hi ! Ha hi ! » Il crut entendre : « Trahi ! Trahi ! Trahi ! » Il poussa la porte de la chambre.

La fenêtre était ouverte. Le vent battait dans les tentures. Le roi, la paume en conque pour protéger la flamme de sa chandelle, s'avança dans la chambre.

Il découvrit d'abord un corps blanc, mince et rond à la fois, étendu sur le flanc. À la blondeur de la chevelure, il reconnut sa femme. Guenièvre.

Un pas encore. Puis un autre.

La lueur de la chandelle dévoila peu à peu un autre corps, de l'autre côté du lit. Nu, lui aussi. Couché dans la même position que Guenièvre, genoux repliés, bras croisés contre la poitrine. C'était le corps endormi d'un homme de forte stature, à la barbe et aux cheveux gris.

Arthur crut devenir fou. De jalousie. De chagrin. À peine avait-il le dos tourné que Guenièvre le trompait avec un autre homme... Un homme vieillissant, hirsute... Sans s'en rendre compte, il fit encore quelques pas.

C'est alors qu'il vit l'épée.

Une lame à demi plantée dans le matelas, entre les deux corps. Entre sa femme, nue, et cet étranger, nu lui aussi. Arthur contourna le lit, s'approcha de l'homme. Il n'avait qu'une envie, qu'une pensée : le tuer. Il se pencha lentement sur lui.

Ce profil. Ces pommettes. Ce menton.

Effaré, Arthur examinait l'homme couché près de sa femme. Lancelot... C'était Lancelot.

Ou, plus précisément : c'était l'homme mûr en quoi le temps l'avait changé.

— Lancelot...

À peine ce nom prononcé, Arthur se redressa. Encore une fois, il considéra les deux corps, couchés face à face. Et qu'une épée séparait.

Une épée.

Dans un mouvement de jalousie meurtrière, Arthur s'en empara. Il la souleva, prêt à frapper Lancelot, à le décapiter.

« Il m'a trompé ! »

Il ne parvint pas, d'abord, à achever son geste. Ses yeux se portèrent sur sa femme, sur Guenièvre, nue, et dormant paisiblement.

« Elle m'a trompé ! »

Cette seule idée lui transperçait le cœur. Il les tuerait tous les deux. Tous deux l'avaient mérité.

Il abattit l'épée sur le cou de Lancelot qui dormait.

***

— Non !

L'épée avait heurté — Arthur ne savait quoi. Jusqu'à ce qu'un homme aux cheveux noirs, au visage marqué de profondes rides, au regard d'un noir de charbon et d'une ardeur de feu, se matérialise devant lui, le poing serré sur la lame.

— Merlin?.... C'est toi?....

— Imbécile! rugit le magicien en arrachant brutalement l'épée de la main du roi. Et toi? Est-ce que tu es sûr d'être Arthur, celui que j'ai fait naître du ventre d'Igraine, des reins d'Uther? Celui auquel j'ai présenté la plus belle fille de tous les royaumes, et qui l'a épousée?

— Merlin...

— Si tu es roi, ce n'est ni de Logres ni de la Table Ronde! Tu es empereur, Arthur! Empereur des imbéciles!

— Voyons, Merlin... Parlez plus bas, vous allez les réveiller...

— Imbécile, te dis-je! Et je répète : des imbéciles, l'empereur! hurla Merlin.

Puis, changeant tout à coup de ton et de registre :

— Pourquoi crois-tu qu'ils dorment? Parce que je l'ai voulu. Pourquoi crois-tu que cette épée était plantée entre leurs nudités? Parce qu'ils l'ont décidé. Parce que, écoute-moi, ils te respectent davantage qu'ils ne s'aiment. Or, sais-tu? Personne au monde ne s'est aimé comme ces deux-là. Cela te fait mal, d'entendre ça, cela te rend jaloux? Tu as raison, mais tu as tort : tu es un roi, Arthur, pas n'importe lequel, le roi que j'ai choisi, que j'ai fait naître, que j'ai fait éduquer et que j'ai porté au pouvoir. Tu as des droits, certes. Mais surtout des devoirs.

Merlin replanta l'épée entre les corps endormis de Lancelot et de Guenièvre.

— Ces deux-là, tu n'y touches pas. Ce n'est ni ton devoir ni ton droit. Ils ont assez payé la trahison qu'ils ont commise. Ils la paieront jusqu'à leur mort.

D'un bond extraordinaire, Merlin sauta pardessus le lit et se retrouva face à Arthur.

— Notre monde a ses lois. Parfois, nos destins les transgressent. Le destin de Guenièvre était d'aimer Lancelot. Le destin de Lancelot, d'aimer Guenièvre. Tu n'y peux rien — ils se chargeront eux-mêmes de leur propre châtiment.

— Et mon destin ? demanda Arthur.

Merlin tendit théâtralement les bras vers le ciel.

— Ah ! Je te retrouve tel que j'aime que tu sois ! Un roi véritable, un vrai chef : toujours, *toujours*, ne penser qu'à toi-même et à ta place, ton rôle.

Le magicien se pencha à l'oreille d'Arthur.

— Guenièvre et Lancelot ne sont pas tes ennemis. Ce n'est pas parce qu'ils s'aiment qu'ils ne t'aiment pas. Pardonne-leur leur faiblesse. Et va-t'en. Tu connais le nom de tes véritables ennemis. Tu es un roi, Arthur. *Notre* roi. Le dernier espoir de notre monde. Tue Mordret. Personne ne peut le faire à ta place.

— Mais je ne suis pas le meilleur des chevaliers. Je ne suis que leur roi. Au combat, je ne vaux pas Mordret...

Merlin lui prit les joues dans ses mains, comme on fait à un enfant.

— Mon bon, mon cher roi, fais-toi à cette idée : tu ne le vaincras pas sans mourir.

— Je ne comprends pas...

Le magicien prit la couverture d'hermine abandonnée au pied du lit. Il la jeta sur Lancelot et Guenièvre dénudés et endormis. La lame, très effilée, la partagea en deux pans qui recouvrirent chacun un corps.

— Et eux, crois-tu qu'ils comprennent? demanda-t-il à Arthur. Crois-tu qu'ils ne mourront pas? Pourtant, si notre monde doit survivre, c'est à eux qu'il le devra...

8

Deux questions

Après avoir quitté la citadelle de Blancheflor, Perceval fit tant galoper son cheval que celui-ci s'effondra sous lui. Le cœur de l'animal avait lâché. Perceval se releva, indemne. Il n'avait plus de monture.

Il marcha plusieurs lieues. Pour aller plus vite, il se sépara de son heaume, de ses jambières de fer, puis de son haubert. Il avait jeté son écu et sa lance près du cadavre de son destrier. Chevalier, c'était comme s'il marchait nu. Seule son épée battait encore contre sa hanche.

Mais il s'en moquait. Depuis que Blancheflor lui avait appris l'état de sa mère, et qu'il en était la cause, il n'était plus qu'un enfant — un enfant ingrat, dénaturé, se disait-il. Un fils que sa mère avait toujours protégé, et peut-être s'était-elle trompée, peut-être avait-elle eu tort de l'élever délibérément à l'écart du monde — mais elle l'avait fait en croyant que c'était pour son bien, et il n'avait aucun droit de lui en vouloir, aucune excuse de l'avoir abandonnée sur un mouvement de mauvaise humeur. Elle n'avait vécu que par lui, pour lui. Si elle mourait, ce serait aussi pour lui, par sa faute.

Marchant toujours, il traversa, sans bien s'en rendre compte, un bois de chênes morts. Les arbres étaient noirs, leurs branches ne portaient pas de feuilles. Le sol ressemblait à de la cendre, fine, grise et volatile.

Tout à coup apparut une pente d'herbe très verte, qui dégringola jusqu'au bord d'une rivière. Perceval s'y laissa aller. Une barque suivait le fil de l'eau. Assis à l'avant, un vieil homme pêchait. Perceval l'interpella :

— Hé ! Pêcheur ! Dites-moi où je trouverai un gué pour passer cette rivière !

Le vieil homme releva sa ligne, posa sa canne auprès de lui et considéra le jeune chevalier.

— Tu me sembles bien pressé. D'où viens-tu, de la sorte ? Et où est ton cheval ?

Perceval se rendit alors compte au ton de sa voix qu'il n'avait pas affaire à un quelconque vieillard. Le pêcheur, s'aperçut-il, portait un manteau d'écarlate jeté comme une cape sur ses épaules. Vêtement royal. Décontenancé, il demanda :

— Dans quel pays suis-je, Monsieur? J'ai tant galopé ces derniers jours que j'ai dû m'égarer.

— Tu viens d'entrer dans la Terre Gaste, mon ami. J'en suis le roi. Mon nom est Pellès.

Le jeune homme, impressionné, se présenta à son tour. Pellès l'examina avec plus d'attention.

— Perceval? Je ne connais pas de chevalier portant ce nom.

— C'est que je suis chevalier nouveau, Sire. Monseigneur Gauvain m'a adoubé.

— Dans ce cas...

Ils se parlaient tout en avançant vers l'aval, le roi Pellès laissant guider sa barque par le faible courant, Perceval marchant le long de la rive.

— Écoute, chevalier nouveau, il n'y a pas de gué avant des lieues. Le mieux est que tu montes à mon bord. Attrape!

Avec une force et une dextérité qu'on n'aurait pas attendues d'un vieil homme, Pellès lança une corde à Perceval. Celui-ci hala la barque jusqu'à la berge. Il y prit place.

— Très bien, lui dit Pellès. Prends les rames.

Perceval obéit. Il souqua fermement en direction de l'autre rive.

— Non, dit le vieux roi. Remonte le courant. Nous allons nous rendre à mon château.

— Sire, je n'ai pas le temps. Je dois...

Il n'en dit pas davantage. Il venait de se rappeler le conseil de Gauvain : tant qu'on ne le questionnait pas, il devait « tenir sa langue ». D'ailleurs, il aurait eu honte d'avouer à ce roi qu'il rentrait précipitamment chez lui parce que sa mère y mourait par sa faute.

— Fais-moi ce plaisir, dit Pellès. La journée est très avancée. Je t'offre l'hospitalité. Tu repartiras demain à l'aube.

— Sire, je...

— Demain, je te donnerai un cheval de mes écuries. Tu feras plus de chemin que tu n'en aurais fait ce soir à pied.

C'était sans discussion.

***

Un embarcadère de bois s'avançait jusqu'au milieu de la rivière. Perceval y amena la barque. Il l'amarra, puis sauta sur les planches.

— J'ai besoin de toi, lui dit Pellès.

— Pardon, Sire ?...

Pellès, alors, souleva les pans de son manteau, découvrant au jeune homme ses jambes. Maigres, inertes, elles semblaient deux branches mortes.

— J'ai besoin de toi, répéta-t-il. Besoin que tu me portes.

Perceval, embarrassé, hésita.

— À moins, reprit Pellès, que tu ne t'en sentes pas capable. Auquel cas, va au château et ramène mes serviteurs.

Le jeune chevalier tourna la tête vers l'immense tour de pierres grises qui se dressait un peu plus loin, flanquée de deux tourelles frêles. Jamais il n'avait vu un château pareil — mais jamais non plus il n'avait entendu parler du royaume de la Terre Gaste. Il posa les yeux sur le vieux roi dans la barque : c'était un homme de forte corpulence, qui avait dû être d'une vigueur exceptionnelle avant que ses jambes ne cessent de le porter. Perceval avait, au centuple, la vanité de tous les jeunes gens : il ne supportait pas qu'on mît sa force en doute. Il descendit dans la barque, prit une profonde inspiration, se pencha, saisit le vieillard dans ses bras et le souleva.

Il fut surpris : Pellès lui parut extraordinairement léger. Il ne pesait, malgré sa corpulence et sa taille, pas plus qu'un tout petit enfant. Perceval enjamba le plat-bord de la barque, grimpa sans difficulté sur l'embarcadère et, le vieux roi dans les bras, se dirigea vers l'immense tour grise de son château.

— Je m'en doutais, dit Pellès.

— De quoi, Sire?

— Je me doutais que je ne trouverais pas meilleurs bras pour me porter.

— C'est que... Vous me semblez si léger...

— J'aime que tu le dises ainsi. Un autre que toi — ou toi-même, il y a peu — aurait dit : « C'est que je suis fort. »

— J'ai failli le dire.

Pellès rit doucement.

— Parce que tu es orgueilleux. Mais — et c'est tant mieux pour toi et moi, c'est un merveilleux présage —, tu as la modestie de ton orgueil.

Ne comprenant rien à cette dernière phrase, Perceval prit le parti de ne pas répliquer. Le corps du vieux roi ne pesait à présent pas plus qu'une plume. Il le porta jusqu'au château.

***

À peine s'étaient-ils présentés devant les douves que le pont-levis s'était abaissé. Perceval l'avait franchi, Pellès dans ses bras. Dans la cour, des varlets les avaient accueillis, soulevant le roi et le déposant dans une litière.

D'autres domestiques avaient couvert le jeune homme d'un manteau d'écarlate semblable à celui que revêtait Pellès. Ensuite, ils l'avaient conduit dans l'une des tourelles, amené jusqu'à une chambre où un bain d'eau fumante l'attendait. On l'avait déshabillé. Il s'était laissé faire. Un varlet l'avait enveloppé dans un drap de lin blanc, avant qu'il entre dans le bain, s'y assoie et, soudain apaisé par l'eau très chaude, s'y abandonne au simple plaisir du repos.

— Bonjour, chevalier.

Perceval ouvrit les yeux. Les varlets avaient tous quitté la chambre. Une jeune femme venait d'y entrer, tenant par l'épaule un garçon d'une dizaine d'années, d'une beauté farouche et simple, d'une allure de prince. Dans un geste réflexe, Perceval vérifia que le drap de lin couvrait bien sa nudité.

— Madame?...

— Je suis Ellan, la fille du roi Pellès. Et voici mon fils, Galahad. Nous sommes venus saluer l'hôte de mon père.

— Très bien... Merci... Je vous salue également...

Ellan fit signe à son fils de s'éloigner vers la fenêtre. Il lui obéit, s'assit sur le banc de pierre de l'embrasure, gardant les yeux — des yeux d'un bleu profond et calme — sur le jeune chevalier assis dans son bain.

— Savez-vous, commença Ellan, que mon père choisit ses hôtes avec tant de... discernement que vous êtes le deuxième seulement que j'aie vu entrer ici?

— Euh... J'apprécie cet honneur, croyez-le...

Ellan prit un siège et s'y assit, tout près du bain de Perceval. Il était très mal à l'aise. Cette jeune femme était belle, sans qu'il pût lui donner un âge — et surtout elle le dévisageait d'une façon intimidante. Que lui voulait-elle?

— Combien d'exploits avez-vous accomplis, ces dernières semaines? demanda-t-elle tout à coup.

— De... D'exploits?

— Vous avez montré, j'en suis sûre, une prouesse hors du commun?

— Je...

Était-ce le fait qu'il était presque nu dans un bain? Était-ce le ton inattendu, vaguement menaçant, qu'employait cette inconnue pour lui parler? Perceval se sentait beaucoup moins vaniteux qu'à l'accoutumée.

— J'ai vaincu un Chevalier Vermeil, dit-il. Je lui ai pris ses armes.

— Bravo. Mais encore?

— J'ai... J'ai affronté Aguingueron, un géant au service de Mordret... vous avez entendu parler de Mordret?

— Pas de questions stupides, chevalier. Oui, tout le monde sait qui est Mordret.

Elle pencha soudain le visage vers lui. Ses yeux brillaient d'une flamme étrange.

— Mordret a une mère, Morgane, qui est capable de tout.

— Il paraît...

— Capable, par exemple, de prendre n'importe quelle apparence humaine ou animale.

— Ah, bon?

— Capable, donc, de donner à son fils, à Mordret, n'importe quelle apparence, n'importe quelle identité.

Il voulut lui répliquer que, dans ce cas, c'était peut-être pourquoi il avait tant de mal à retrouver ce Mordret. Il n'en eut pas l'occasion. Ellan approcha encore son visage du sien, à le toucher. Et murmura :

— Que tu sois Mordret ou pas, écoute-moi bien : le Graal n'est pas pour toi. Tu n'es pas, tu ne seras jamais l'Élu.

— Le...? De quoi parlez-vous?

— Lancelot aurait pu, aurait dû l'être. Il a échoué. Par la faute de Guenièvre... S'il m'avait aimée...

Elle se mit subitement debout. Elle semblait très déterminée, presque en colère. Perceval n'y comprenait rien. Rien. «C'est une folle», pensa-t-il.

— Le Graal et le monde ne t'appartiendront pas, Perceval, Mordret, ou qui que tu sois. J'ignore jusqu'où ira l'aveuglement de mon père. Mais crois-moi : tu me trouveras toujours en travers de ta route.

— Je peux vous assurer, Madame...

— Regarde ! l'interrompit-elle en lui désignant le jeune garçon qui, sagement assis dans l'embrasure de la fenêtre, posait sur eux ses yeux si clairs et si calmes qu'ils semblaient d'un ange. Regarde mon fils ! Il n'a plus que quelques années à grandir, et le Graal et le monde seront à lui.

Elle recula, appela d'un signe le jeune Galahad qui la rejoignit. Elle lui posa la main sur la nuque et, avant de quitter la chambre avec lui, elle ajouta :

— S'il le faut, je te tuerai de mes propres mains.

Après quoi, entraînant son fils, elle sortit.

***

Le dîner, ce soir-là, se déroula comme aucun dîner dont Perceval avait jamais été le convive.

D'abord, quand les varlets réapparurent pour le sortir du bain, le sécher, l'oindre et l'habiller, il ne cessa de se repasser en esprit la visite d'Ellan. Ce qui ne lui servit à rien : il ne pouvait comprendre de quoi elle lui avait parlé. C'est donc avec un certain malaise qu'il s'était laissé conduire dans la salle du château.

On l'avait fait entrer dans une pièce plus vaste qu'il n'aurait pu en imaginer. Une cheminée gigantesque. Un plafond si haut que la lueur des torches et des chandelles, pourtant allumées par centaines, ne l'atteignait pas. Et, au centre d'une salle dix fois plus spacieuse que la grand-salle de Camaalot, le vieux roi Pellès l'attendait, étendu sur un lit carré. Ni chevaliers, ni demoiselles, ni varlets, ni domestiques. Le vide. Juste le roi Pellès, infirme, allongé sur des coussins d'écarlate — et lui-même, traversant ce désert de dalles grises jusqu'au vieil homme.

— Assieds-toi, chevalier, lui dit Pellès en tapotant le lit.

Perceval jeta un coup d'œil autour de lui : rien, il n'y avait rien dans cet énorme espace, que le roi infirme, son lit et lui. Il éprouva un vague vertige. Mais il obéit. Il alla s'installer au bord du lit.

— Mon ami, continua Pellès, reprenons la conversation où nous l'avons laissée. D'où venais-tu, aujourd'hui ?

— D'une citadelle tenue par une demoiselle, Blancheflor, et qu'assiégeaient les troupes de Mordret.

— Ah... Beau Repaire... Je connais... Et qu'allais-tu faire là-bas ?

— Je passais.

Pellès eut un rire amical.

— D'accord. Et, *passant*, qu'as-tu fait ?

— Ce qu'aurait fait tout chevalier à ma place : j'ai affronté en jugement le lieutenant de Mordret.

— Aguingueron ? On prétend qu'il est gigantesque, et imbattable.

— Je l'ai pourtant battu.

Pellès rit encore, avec une satisfaction dont Perceval ne comprenait pas la cause.

— Vous semblez heureux de cette nouvelle, Sire. Aguingueron et Mordret sont-ils vos ennemis ?

— Je n'ai pas d'ennemis. Ou, disons, je n'en ai plus.

— Vous avez de la chance...

— Non. C'est simplement que je ne suis plus de ce monde.

— Ah...

Il vint à Perceval, sur le bout de sa langue, une question qui l'ennuyait depuis son bain : « Et qui est cette Ellan, qui s'est présentée à moi comme votre fille et m'a parlé sans que je comprenne un mot de ses intentions ? » Il la retint, cette question. « Tenir sa langue » : toujours « tenir sa langue ». Ne jamais parler de soi. Perceval chercha une réplique anodine, une simple politesse, et trouva ceci :

— Blessé comme vous l'êtes, Sire, vous devriez éviter d'aller pêcher seul dans une barque.

— Je l'évite, mon ami, je l'évite, ne t'en fais pas. Sauf lorsqu'il s'agit de rencontrer un jeune chevalier comme toi.

Avant que Perceval ait pu répondre, le roi claqua quatre fois dans ses mains. Aussitôt, une porte au fond de la salle s'ouvrit. Un varlet apparut. Il portait une longue lance blanche. Il se dirigea vers le lit où Pellès était allongé, Perceval, assis. Le jeune homme se demanda ce que la chose signifiait. Et se le demanda d'autant plus quand, le varlet et la lance s'approchant, il constata ce curieux phénomène : la pointe de l'arme saignait. Un sang d'un rouge frais, comme tiré d'une blessure faite à l'instant. Et ce sang s'écoulait, goutte à goutte, le long de la hampe. Le varlet qui la portait passa devant le lit, assez près pour que Perceval s'aperçût qu'il ne s'était pas trompé : ce sang sourdait sans cesse de la pointe de la lance. Il ouvrit la bouche, voulut demander quel était ce prodige. Se tut.

Non, il ne devait poser aucune question

indiscrète. Comme Gauvain le lui avait appris. Être chevalier, c'est aussi savoir se taire à bon escient. « Tu ne dois jamais montrer que quoi que ce soit te surprend. » Bon élève, Perceval feignit de n'être pas surpris.

Il n'était pourtant pas au bout de ses étonnements. Alors que le varlet à la lance disparaissait par une petite porte à l'autre extrémité de la salle, deux nouveaux varlets entrèrent, chacun un candélabre à la main. La lumière des chandelles était étonnante. Dix, elles brillaient comme mille. Ébloui, Perceval mit ses doigts devant ses yeux. Il sentit la main du roi Pellès lui saisir le poignet. Il regarda.

Suivant les deux varlets aux candélabres, une jeune femme entrait à son tour. Sur ses deux mains, elle apportait un large plat, qu'on nomme « graal », incrusté d'or et serti de pierres précieuses. Perceval reconnut aussitôt la jeune femme : c'était Ellan, celle qui s'était présentée comme la fille du roi et, accompagnée de son fils, lui avait tenu de si étranges et menaçants propos tout à l'heure. L'incroyable éclat de lumière, dont on ne savait s'il provenait des candélabres ou bien de l'or du Graal lui-même, impressionna tant Perceval que, cette fois, il oublia les conseils de Gauvain et s'apprêta à poser une question.

Il allait la formuler quand il vit, au fond de la salle, le fils d'Ellan, ce garçon au regard si clair, si lumineux, si intense que cela lui parut un autre prodige, auprès duquel l'éclat des candélabres et celui du graal n'étaient rien.

Il baissa les yeux. Il laissa défiler devant lui les varlets et Ellan — les candélabres et le plat d'or serti de pierres précieuses. Il ne les releva que lorsqu'ils franchirent l'autre porte, au fond de la salle, par laquelle avait aussi disparu la lance qui saignait.

Le roi Pellès l'agrippa par le poignet.

— Que t'arrive-t-il ? Pourquoi ne dis-tu rien ?

Les doigts de Pellès l'enserraient si fort qu'il eut mal. Mais il ne chercha pas à se dégager. Ni à répondre. D'ailleurs, il en était incapable. Comme s'il n'avait jamais su prononcer un mot.

— Regarde ! grogna Pellès. Regarde encore !

Et le varlet à la lance, puis ceux aux candélabres, puis Ellan et son plat d'or revinrent dans la salle. Ils parcoururent lentement, solennellement, le même chemin qu'à l'aller. Un chemin qui les faisait passer près du lit où Perceval était assis, le poignet douloureux sous les doigts serrés de Pellès.

— Regarde...

Perceval regarda. Et, regardant, il fut

assailli par deux questions. Il crut deviner qu'il devait les poser, absolument. Mais il eut beau bouger les lèvres, elles n'en sortirent pas. Il était muet. Paralysé. Il ne voyait vraiment que les yeux bleus, angéliques et fixes, du garçon nommé Galahad. Et, quand il parvint à en détourner le regard, ce fut pour rencontrer celui d'Ellan.

Il lui sembla que sa bouche s'était transformée en un morceau de bois, sa langue, en un caillou. Deux questions, *deux questions* simples mais essentielles tournaient, tournaient, tournaient dans sa tête. Il ne les poserait pas.

Le cortège des varlets et de la jeune femme s'engouffra par la porte d'où il était d'abord sorti. Les doigts de Pellès lâchèrent le poignet de Perceval. Le roi hurla :

— ASSEZ ! Qu'on me délivre, par le Sang du Christ ! J'EN AI ASSEZ !

Après quoi, l'air tourbillonna autour de Perceval — et il sentit que le tourbillon ravissait son esprit. Il murmura :

— J'ai deux questions...

Il était trop tard. Il s'évanouit.

***

Il s'éveilla à l'aube. De l'eau glacée lui mouillait les joues. Il grogna, ouvrit les yeux, se protégea instinctivement le visage.

Au-dessus de lui, dans une luminescence de ciel d'hiver, il y avait de gros nuages gris et lourds, d'où tombait une averse de neige. Autour de lui : les murs en ruine de ce qui avait dû être une très vaste tour. Il était allongé sur un matelas de paille pourrie, au milieu de dalles à demi descellées entre lesquelles poussaient des mauvaises herbes.

Perceval se leva péniblement. Il avait mal aux reins. Il avait froid. La neige était de plus en plus dense. Elle recouvrait très vite le dallage de la large salle en ruine. Tout devenait blanc.

Comme mon esprit, songea Perceval qui n'avait plus qu'une image en tête, comme d'un rêve : une lance saignant goutte à goutte au-dessus d'un plat d'or et de pierres précieuses. Et ce cri : «ASSEZ!» Un vieil homme à barbe grise. Une jeune femme, aussi, et un garçon. Leurs regards.

— Deux questions..., murmura-t-il en titubant dans la neige.

Deux questions. Il se rappelait qu'il aurait dû poser deux questions.

Lesquelles ?

Au pied du lit effondré, il trouva, à demi recouvert de neige, un manteau d'hermine et d'écarlate. Il s'en enveloppa. Il faisait de plus en plus froid. Il avait faim, soif. Il était épuisé comme s'il n'avait pas dormi.

Il sortit des ruines. Devant lui, dans une lumière très pâle, tout était blanc.

Ma mère...

Il s'enroula chaudement dans l'hermine et l'écarlate. Sa mère... C'était elle qu'il devait retrouver. Avant qu'elle meure.

Il se pencha, prit de la neige dans ses mains et s'en frotta vigoureusement le visage. Cela finit de le réveiller.

9

Humeurs noires

Au même instant, loin de là, Lancelot s'éveillait lui aussi.

C'est le froid qui l'avait tiré du sommeil. Ouvrant les yeux, il constata qu'il n'y avait pas de feu dans la cheminée, puis que la fenêtre était grande ouverte. Des flocons épais, mais légers, planants, tombaient jusque dans l'embrasure. Il se leva. Les souvenirs de la veille lui revinrent, par bribes. Guenièvre. Leur discussion. Leur décision. L'épée.

Il jeta un coup d'œil au-dehors. Tout était blanc. Tout Camaalot avait été enfoui sous le grand silence froid de la neige. Il frissonna. Il était nu. Il se retourna vers le lit.

Guenièvre y dormait encore. L'épée plantée

tout contre sa hanche. Une couverture d'hermine la recouvrait à demi.

Il s'approcha d'elle. Il s'agenouilla. Il lui effleura la tempe d'un baiser. Il n'en revenait toujours pas, après tant d'années passées dans l'illusion du Val sans Retour, qu'elle soit vivante, et chaude.

— *Va-t'en. Maintenant, tu dois t'en aller.*

Il sursauta, regarda autour de lui : il n'y avait personne dans la chambre. Pourtant, cette voix... cette voix lui rappelait quelqu'un...

— *Je ne te le répéterai pas : va-t'en.*

Cette voix... Oui. C'était la sienne...

— Qui parle? Où êtes-vous?

— *Je te parle, comme si tu te parlais à toi-même. Va-t'en.*

Lancelot chercha du regard d'où venait cette voix.

— *Lancelot, tu dois faire ton choix : ou Guenièvre, ou Arthur.*

— Il y a des années que j'ai choisi! Montre-toi!

— *Je suis là. Dans ton cœur. C'est lui que tu dois écouter.*

— Mon cœur ne me parlerait pas de la sorte!

— *Bon, je n'ai pas de temps à perdre. Touche ton cou.*

— Quoi ?

— *Mets les doigts sur ton cou, te dis-je !*

Lancelot obéit à contrecœur. Il trouva, du bout de l'index, une longue estafilade qui saignait encore, entre sa nuque et sa gorge.

— *Voilà*, dit la voix. *Maintenant, examine la lame plantée dans le lit.*

Lancelot obéit à nouveau. Du sang tachait le tranchant de l'épée.

— *C'est le tien*, dit la voix. *Arthur aurait pu te décapiter.*

— Arthur ? Le roi est venu... nous a surpris ?

— *Et même*, gronda Merlin, *et* même *s'il ne t'avait pas surpris, nu, dans le même lit que la reine, est-ce que tu serais pardonnable d'avoir fait ce que tu as fait ?*

— Je... je l'aime...

— *ET ALORS ? TU L'AIMES DONC PLUS QUE TON ROI ?*

La voix s'était faite assourdissante. Pourtant, Guenièvre ne s'éveillait pas.

— Ce n'est pas pareil, gémit Lancelot. Ce n'est pas le même amour...

— *Alors à toi de déterminer lequel tu dois choisir ! À toi de savoir qui je suis, qui tu es ! Ce que tu dois !*

— Non...

Du recoin le plus sombre de la chambre, un homme était sorti. Il était nu, comme Lancelot. Mais surtout il était : Lancelot nu. C'était lui-même qui traversait la pièce, lui-même, mais plus jeune, sans barbe grise, sans toutes ces rides qui lui marquaient le front, la commissure des lèvres, le coin des yeux. Un Lancelot d'avant le Val sans Retour, un Lancelot comme, se dit-il soudain, il aurait toujours dû le rester, l'être.

— Tu n'existes pas... Tu es une illusion, un mensonge...

— *Erreur! C'est toi, l'illusion et le mensonge! Toi qui m'as trahi, m'as menti, m'as enfermé, par ta sottise, dans le Val sans Retour!*

— Tais-toi!

Lancelot se jeta sur l'ombre, son double — sur lui-même. Ils roulèrent au sol. Ils étaient de même force. Et c'était atroce de devoir frapper à coups de poing ce visage qui avait été, aurait dû encore être le sien; de se défendre contre son ombre, contre soi-même.

Épuisés, les deux Lancelot cessèrent la lutte. Ils n'avaient plus de souffle.

L'un d'eux finit par demander :

— Que devons-nous faire?

À quoi l'autre répondit :

— Soyons nous-même.

— Qui ?
— L'enfant que Viviane a élevé.

***

Ce matin-là, deux chevaliers partirent vers le nord. L'un, avec ses joues d'adolescent, ne songeait qu'à sa mère. Il quittait, à pied, les ruines d'un château qu'il avait vu, la veille, immense et accueillant. L'autre, à la barbe précocement grise, tentait d'oublier son seul et unique amour. Il quittait, à cheval, le château de Camaalot, avec au cœur la certitude qu'il n'y reviendrait jamais.

Tous deux progressaient dans un paysage de neige. Sous un ciel gris d'argent. Le silence était total. Les oiseaux et les bêtes qui, à l'automne, n'avaient pas migré vers des contrées plus clémentes s'étaient réfugiés dans leurs nids, leurs tanières, leurs repaires. Tout dormait. À part les hommes.

À part ces deux chevaliers qui allaient à leur destin, et les milliers d'autres — soldats, sergents, varlets, chevaliers eux-mêmes, rois ou princes —, des armées entières, qui se dirigeaient vers le château de Carduel, au bord de la mer d'Irlande.

Beaucoup d'entre eux mourraient.

Ni le jeune Perceval ni Lancelot ne s'en doutaient. L'auraient-ils su, ils s'en seraient moqués. Chacun d'eux n'avait à l'esprit que le destin d'une femme aimée : une mère, une amante.

Ils se ressemblaient comme le cristal d'un flocon à un autre. Ils ne le savaient pas. D'ailleurs, ils n'en auraient rien eu à faire. Les pas de Perceval, les sabots du roncin de Lancelot, enfonçaient leurs traces dans la neige.

***

Et, cependant, Merlin, le «fils du diable», s'était posé, sous la forme d'un épervier, parmi les Hautes Terres d'Écosse. Il reprit forme humaine et se mit en marche. Il ne savait pas où il allait. Il ne se posait pas la question. Il était fatigué. Il avait décidé de ne plus s'occuper de rien. De laisser le monde courir à son destin, fût-ce à sa perte.

C'est là que Morgane commit la plus grave erreur de son existence. Planant sur ses ailes de chat-huant, elle avait passé la nuit à survoler les troupes commandées par son fils, Mordret. Elle en avait admiré le nombre, et la discipline, et l'éclat des armes. Elle se disait qu'elle avait fait sa part : grâce à elle, Arthur avait surpris Lancelot dans le lit de Guenièvre — et le roi était donc un homme déjà blessé, déjà vaincu, déjà fini. Trahi par les deux individus au monde qu'il préférait. Quant à ce crétin de nouvel Élu, ce petit Gallois de Perceval, elle n'avait pas eu besoin de l'écarter du chemin du Graal : la fille de Pellès, la jalouse et terrible Ellan, s'était chargée elle-même de l'empêcher de poser les Deux Questions. Tout ça pour son gosse, ce Galahad, le bâtard de Lancelot... Ah ! Si Ellan s'imaginait que son petit Galahad obtiendrait le Graal, elle s'était bien fourvoyée ! Le Graal, et donc le pouvoir absolu sur l'univers, n'était destiné qu'à un seul homme, un seul chevalier, un seul fils, et ce serait le sien : Mordret !

Exaltée, elle voletait dans le ciel, au-dessus de la tête de Merlin, qu'elle avait rejoint sur les pentes enneigées des Hautes Terres. Lui seul pouvait encore se mettre en travers de son chemin. Contrarier le destin de Mordret. Il fallait l'éliminer, le tuer, l'éradiquer. Il avait l'air si las... Ce serait facile.

Elle ne se doutait pas que Merlin avait décidé de ne plus intervenir en rien dans la marche du monde. Si elle l'avait compris, aurait-elle, chat-huant, battu des ailes pour le laisser à sa tristesse ? Non. Elle le haïssait trop.

Elle fondit sur Merlin, le frappa d'un coup

de bec sur le crâne, puis alla se poser un peu plus loin, sur un rocher.

Grimaçant de douleur, Merlin se frotta le crâne. Il examina ses doigts ensanglantés. Le chat-huant le narguait, clignant des yeux en face de lui. Agacé, il se pencha, ramassa un caillou et...

Cela — ce geste —, Morgane ne l'avait pas prévu. Elle se transformait en oiseau de nuit comme on s'amuse, quand on a des pouvoirs de sorcière et qu'on peut changer d'aspect, et voler. Se transformer en oiseau de nuit, pour elle, cela n'avait rien de commun avec être un oiseau. Elle dut, ce matin-là, se détromper.

Un caillou suffit. Le caillou que Merlin, furieux, projeta de toute sa force de magicien.

Avant même d'avoir compris ce qui lui arrivait — et que, donc, il ne lui arriverait jamais plus rien, après cette pierre —, Morgane reçut le caillou en plein dans son œil gauche de chat-huant, juste à l'instant où elle s'apprêtait à reprendre sa véritable apparence.

L'impact tua l'oiseau net.

Merlin crut percevoir une sorte de grande ombre qui s'ouvrait autour du chat-huant quand la pierre l'assomma. Mais la neige tombait de plus en plus dru, et même un magicien tel que lui n'y voyait plus grand-chose.

— Sale bête, grommela-t-il. Bien fait...

Et, essuyant ses yeux brouillés par les flocons de neige, il reprit son chemin.

Derrière le rocher, la dépouille du chathuant tué net se transforma lentement en un grand corps de femme. Qui, à son tour, disparut peu à peu sous la neige.

— Qu'ils se débrouillent tout seuls, grognait Merlin en dévalant la pente d'une colline des Hautes Terres. Ils ont fait n'importe quoi en mon absence... Ce n'est pas à moi, maintenant, de les débarrasser de Morgane...

Pourtant, il commençait à se sentir mieux. Comme si le voile noir de sa tristesse se déchirait. Il s'arrêta, respira profondément. Oui, soudain, le monde lui semblait plus clair. Une onde de joie, de soulagement lui parcourut le corps. C'était inexplicable.

Il se gratta le front. Une idée lui traversa l'esprit. Une intuition.

— Morgane? appela-t-il. Morgane? MORGANE!

Il sut qu'il n'obtiendrait jamais de réponse. Alors il éclata de rire.

***

Perceval atteignit l'orée de la Forêt Perdue après deux jours de marche. La veille, il s'était présenté dans un hameau et y avait acheté un cheval de labour, en échange de la bague qu'il avait « obtenue » de la demoiselle, au début de ses aventures. Il s'était restauré d'une soupe d'orge, avait refusé l'hospitalité des villageois et était reparti dans la nuit. La neige avait cessé de tomber. Le ciel s'était dégagé. Il avait chevauché dans un paysage fantomatique — le blanc de la neige luisant sombrement sous la faible lueur des étoiles et d'une lune à son premier quartier.

Il traversa le rideau d'arbres qui interdisait l'approche du manoir familial à quiconque n'en connaissait pas le passage. Là aussi, tout était blanc. Pas un animal, pas le moindre cri d'oiseau. Les larges pâturons du cheval de labour s'enfonçaient en crissant dans la neige fraîche.

Il franchit le pont qui enjambait les douves. La cour du manoir était immaculée. Aucune trace de pas, aucune empreinte. Perceval cria :

— Holà !

L'écho de sa voix parut comme absorbé, étouffé par la neige. Personne ne vint à sa rencontre.

De plus en plus inquiet, il descendit du cheval et, l'abandonnant là, il se dirigea vers l'entrée de la salle.

Il y faisait sombre et froid. La haute cheminée principale était éteinte. Il s'en approcha, en toucha les cendres : aucun feu, depuis longtemps, n'avait été allumé dans cet âtre.

— Holà ! Quelqu'un ?

La question se répercuta en vain entre les murs de la salle. Perceval monta l'escalier qui menait à l'étage.

Il suivit la coursive jusqu'à l'entrée de la chambre. La porte en était entrebâillée. Il hésita, la poussa. Elle s'ouvrit en grinçant sur une pièce aussi glacée que le reste du manoir. Il vit d'abord la cheminée éteinte. Puis le lit. Le lit où reposait un corps.

D'instinct, il recula d'un pas. Il ne pourrait pas, se dit-il, il ne *pouvait* pas... Pas entrer dans cette chambre — mortuaire.

À ce moment, un rayon de soleil transperça la fenêtre. Se posa, lueur froide et dorée, sur le lit. Sur le corps.

— Mère..., murmura Perceval.

Luttant contre lui-même, contre son propre désir de fuite, son refus de cette réalité inacceptable, il fit quelques pas dans la pièce. Jusqu'au lit. Le soleil, à cet instant, illumina toute la fenêtre et éclaira le visage de la femme étendue, les mains croisées sur la poitrine, les yeux clos.

— Mère..., répéta-t-il, et il tomba à genoux au chevet de la morte.

Il pleura.

— Pardonnez-moi... J'ai été un mauvais fils...

Le souvenir de sa mère s'effondrant à l'entrée du manoir alors qu'il s'en allait loin d'elle lui revint, terrible, à l'esprit. « Si j'avais rebroussé chemin..., songea-t-il. Si j'avais pris soin d'elle à moitié autant qu'elle a pris soin de moi, durant toute sa vie... »

Mais on ne peut rien contre la mort. Ni contre sa propre culpabilité. On ne peut remonter le temps, corriger ses erreurs anciennes. Il n'y avait de vrai que cela : il avait abandonné sa mère, elle était morte. Morte. Morte... Plus jamais il ne parlerait avec elle. Plus jamais il ne pourrait lui expliquer qu'il devait partir ce jour-là, que la Providence lui avait fait rencontrer des chevaliers, qu'il ne pouvait faire autrement que d'avoir envie, besoin de les suivre, les imiter, les surpasser.

« Et pour quoi faire? » se demanda-t-il en déposant sa main sur les mains glacées de la morte. « Qu'en ai-je rapporté, sinon la vanité d'avoir tué le Chevalier Vermeil, humilié le géant Aguingueron, perdu à jamais Blancheflor, sans avoir pu l'aimer? Tu avais raison, ma mère : ça ne sert à rien d'être chevalier. C'est juste de l'orgueil. Et mon orgueil t'a tuée... »

Il contempla encore un moment ce visage

dont toutes les rides, tous les soucis, toutes les craintes avaient disparu dans la mort. Un visage presque de jeune femme, livide, comme il ne lui en avait jamais connu. Il ne se demanda pas pourquoi leurs domestiques et leurs sergents avaient déserté le manoir. Sans doute étaient-ils partis ailleurs chercher un toit, une protection, l'espoir d'une meilleure fortune. Il prit dans ses bras le cadavre de sa mère, le souleva contre sa poitrine et, comme s'il ne pesait rien, le porta hors de la chambre, descendit l'escalier, traversa la salle, puis la cour, et le pont des douves, marcha dans la clairière que la neige recouvrait de silence.

Le corps était raide. Sa mère, morte depuis des jours déjà. Seul le froid l'avait préservée d'une effroyable corruption. Il la déposa dans la neige.

Puis, sous le chêne qu'elle préférait — un très vieil arbre qui, disait-elle, avait été planté par son trisaïeul —, il creusa une tombe. Quand le trou lui parut assez profond pour qu'aucun oiseau charognard ne le déterre, il y enfouit le corps. Il le recouvrit d'un drap de lin blanc qu'il avait trouvé dans ses armoires.

Quand la tombe ne fut plus qu'un petit monticule dans la clairière, il prit son épée, trancha deux branches basses du vieux chêne, les tailla et les assembla. Cela fit une croix. Il la planta à la tête de la tombe.

Longtemps, il resta là, sans rien dire, alors que la neige recommençait à tomber. Bientôt le monticule blanchit. Peu après, il avait disparu parmi la blancheur uniforme de l'hiver.

— J'ai été chevalier contre ton choix, dit alors Perceval. Désormais, je le serai pour toi.

D'un seul coup, il se détourna de la tombe. Il rejoignit son cheval. Il y monta. Tous deux étaient couverts de neige ; on les distinguait à peine dans ce blanc qui aplanissait et assourdissait toute chose.

Perceval talonna sa monture, lui fit quitter la clairière. Il ignorait où il allait. Il était orphelin. Tout lui était égal.

***

Lancelot avait choisi un roncin solide dans les écuries de Camaalot. Pendant trois jours, il avait traversé un paysage blanc. La neige était parfois tombée si fort, était si haute, si profonde, qu'il n'avançait plus qu'à grand-peine. Il devait alors descendre de sa monture et, la tirant par la bride, la conduire sur des chemins que l'hiver avait effacés, où l'épaisseur de neige était telle qu'il s'y enfonçait, lui, jusqu'aux hanches, et son roncin, jusqu'au poitrail.

Il ne cessait de songer à cet autre lui-même contre lequel il avait dû lutter. L'illusion. Toujours l'illusion. L'illusion, toujours. Après celle de Guenièvre, son amour, il avait été confronté à l'illusion de lui-même, et qui — de ce Lancelot jeune et agaçant de certitudes, ou du Lancelot qu'il était devenu, à la barbe précocement grise — avait raison ? Il refusait de se poser la question. Il avait été ce jeune homme, il ne le reniait pas. Mais il était, il devait l'admettre, cet homme mûr trop tôt, qui avait un choix à faire. Triple choix. Ou bien — et c'était son premier sentiment en s'enfuyant de Camaalot — il se mettait à l'écart du monde et vivait désormais au fond d'une forêt. Ou bien il renonçait à son serment de chevalier, enlevait Guenièvre et trahissait Arthur. Ou bien il rejoignait le roi, l'assurait de sa fidélité, combattait à ses côtés, et lui sacrifiait son amour pour Guenièvre.

Progressant avec difficulté dans la neige de plus en plus dense — comme si l'hiver s'était abattu sur le monde et s'apprêtait à le glacer —, il se découvrait incapable de choisir entre ces trois possibilités. Il se sentait prêt à renoncer à tout, autant qu'à combattre pour son amour, ou bien à combattre contre son amour et pour son roi.

Alors qu'il suivait un vallon étroit dont la rivière, peu à peu, se figeait en glace, il tomba nez à nez avec un jeune homme, qui tirait lui-même un cheval à sa suite. Un gros et patient cheval de labour.

— Paysan, s'écria Lancelot, écarte-toi, je passe !

Ils se retrouvèrent face à face. Le plus jeune répliqua :

— Vieil homme, c'est toi qui vas écarter ta barbe et ton roncin de mon chemin.

Lancelot l'examina posément des pieds à la tête.

— Ton cheval est plus costaud que le mien, mais tes épaules un peu frêles, paysan. Je te le répète : écarte-toi. Je suis Lancelot du Lac, chevalier de la Table Ronde. Tu me dois le passage.

— Ah ! fit Perceval — car, bien sûr, c'était lui. Un chevalier ! Vous faites partie des hommes que je déteste le plus au monde.

— Tiens ? Et pourquoi cela ?

— Parce que je les ai trop aimés.

Lancelot songea fugitivement à Guenièvre, et se dit que cette définition de l'amour-haine ne lui semblait pas tout à fait sotte.

— À ton accent, je suppose que tu es gallois.

Or, si tu es gallois, tu ne connais sans doute pas grand-chose des règles de la chevalerie.

— Traitez-vous les Gallois de crétins, Monsieur ? L'osez-vous ?

Lancelot considéra ce petit coq qui le défiait. Il n'avait envie de tuer personne. Et surtout pas un jeune sot, gallois de surcroît, qui avait plus de bêtise et de courage que de moyens de l'affronter. Il haussa paisiblement les épaules.

— Dégagez-vous, ton gros cheval et toi, sur le côté. Nous nous croiserons comme si nous ne nous étions jamais vus.

— Et pourquoi serait-ce à moi de passer au large, Monsieur ?

— Différence d'âge, dit calmement Lancelot. Respecte ma barbe grise.

Tout à coup, Perceval tira son épée du fourreau.

— Je ne respecte que qui sait se battre, et l'ose !

Lancelot ferma les yeux et poussa un long soupir.

— Tu es très, très ennuyeux, petit Gallois...

Et, brusquement, il empoigna son épée qu'il pointa vers le jeune homme.

— Je parlais comme toi, quand j'avais ton âge. J'étais très bête.

L'épée de Perceval s'abattit sur Lancelot. Qui para tranquillement le coup.

— J'étais très bête, reprit-il, et très présomptueux. Mais j'avais les moyens de ma bêtise et de ma présomption. Quant à toi, les as-tu? Prouve-le!

Les lames se heurtèrent dans un clair bruit de métal. Les deux chevaliers, de la neige jusqu'aux cuisses, s'affrontèrent. Lancelot sut qu'il avait vieilli quand il comprit qu'il se contenterait de se défendre, que son adversaire n'était qu'un gosse d'une belle vanité, et que la leçon qu'il espérait lui donner n'irait pas jusqu'à le tuer. Quant à Perceval, il ne savait ni ne se disait rien. Sinon que le chagrin de la mort de sa mère, il était prêt à l'oublier dans la confrontation avec un adversaire.

Lorsque deux duellistes sont de même force, comme Lancelot et Perceval, la victoire se joue à un rien. Ce rien, ce fut le calme de l'un des deux combattants. Lancelot, d'un coup, finit par arracher l'épée des mains de Perceval. Dans le retour du mouvement, il lui planta la pointe de l'arme sur la gorge.

— Que dois-je faire maintenant? Dis-le-moi. Dois-je te tuer?

— Vous avez gagné. C'est votre droit.

— Qu'ai-je à faire d'avoir gagné? Et de ce droit?

Lancelot abaissa la lame de son épée.

— Celui que tu as en face de toi, jeune homme, est un traître à son roi. C'est toi qui aurais dû me tuer, si Dieu et les règles de chevalerie avaient raison.

— Je suis un traître aussi, Monsieur. Un traître à ma mère.

— Que veux-tu dire?

— Je suis responsable de sa mort.

Lancelot le dévisagea un instant. Puis il remit son épée au fourreau.

— Poursuis ton chemin, Gallois. Et oublie ma victoire. Et oublie ta mère...

— Jamais.

— Alors oublie ton chagrin. Si ta faute avait été plus grande que la mienne, tu m'aurais vaincu.

Ce disant, Lancelot se hissa sur le dos de son roncin.

— Chevalier, vous avez tort, rétorqua Perceval. Plus on est en faute, plus on perd en jugement. De notre affrontement, c'est vous qui êtes sorti vainqueur.

— Cesse d'être aussi sot. Notre monde appartient au diable. Je t'ai battu parce que je suis plus malin et plus expérimenté que toi. Qualités du démon. Et cesse de te sentir coupable de la mort de ta mère. Si tu veux devenir un grand chevalier, Gallois, un vrai guerrier, tu dois être orphelin, et solitaire, et veuf.

Lancelot tira sur la bride de son roncin.

— *N'aime pas*, jeune homme. N'aime jamais, si tu veux être un grand chevalier et survivre.

Il flanqua un violent coup d'éperons à sa monture. Blessée aux flancs, elle se dégagea de la neige, bondit et s'éloigna le long de la rivière qui charriait des glaçons.

Perceval, qui se demandait s'il avait tout compris, flatta l'encolure de son gros cheval de labour.

— D'après toi... C'est ça, un vrai chevalier?...

***

Perceval poursuivit sa route. Il dormit à peine quelques heures à l'abri d'une grotte, cette nuit-là. Sa rencontre avec le chevalier à barbe grise l'avait mis mal à l'aise. À la fois à cause de ce que Lancelot lui avait dit — qu'il essayait encore de comprendre — et de cet événement qu'il n'avait jamais imaginé : ce Lancelot à la barbe de vieux l'avait battu. Pour la première fois de sa courte vie, Perceval avait appris qu'il n'était pas invincible.

Or, comme tous les jeunes gens, il avait grandi en se croyant invincible et en s'imaginant immortel — lui comme ses proches. En peu de temps, il avait été battu et avait dû faire face à la mort de sa mère. Toutes ses certitudes en étaient bouleversées. La mort était possible, réelle, avérée, faisait partie de la vie. La défaite aussi.

Comme si l'une n'allait pas sans l'autre.

Au matin, la neige était tant tombée qu'il ne sut comment il s'éveillait du froid qui aurait dû le tuer. Il sortit de la grotte, flattant au passage le flanc de son gros cheval. Dehors, il regarda autour de lui. Il se trouvait dans une immense clairière entièrement couverte de neige. À quelque distance, il vit des tentes, un camp, et, aux oriflammes qui claquaient au sommet, reconnut celui du roi Arthur. Il se dit alors qu'il était chevalier et qu'en tant que tel il devait se rendre dans ce camp et y prendre ses ordres du roi lui-même.

Mais il n'avait pas fait trois pas, ou quatre, qu'un vol d'oies sauvages traversa le ciel. Cet hiver précoce, ces chutes de neige les avaient-ils éperdues ? Elles volaient en désordre, poussant des cris de détresse.

Perceval leva la tête. Il comprit très vite ce qui se passait : un faucon les poursuivait. Il était encore haut dans le ciel, mais elles l'avaient vu. Elles s'étaient rapprochées du sol et c'était une erreur : la neige était si blanche dans le soleil du matin qu'elles en furent éblouies. Poussant des cris de frayeur, elles battaient frénétiquement des ailes. L'une d'elles s'éloigna du groupe. L'oie passait au-dessus de la tête de Perceval quand, à la vitesse d'une pierre qui tombe, le faucon s'abattit sur elle. Assommée par le choc, elle tomba à son tour, ailes mortes, dans la clairière.

Perceval courut dans sa direction. Cela suffit à dérouter le rapace qui, dédaignant sa proie, s'enfuit par-dessus les arbres. L'oie était blessée au cou. Elle se redressa péniblement. Elle s'ébroua. Et, avant que Perceval l'atteigne, elle parvint à s'envoler, dans un lourd battement d'ailes.

Elle ne laissa de traces que trois gouttes de sang dans la neige.

Le jeune chevalier s'arrêta. Puis, sans y penser, il se laissa tomber à genoux. Il regarda ces trois gouttes de sang, disposées en un triangle presque parfait sur la blancheur du pré. Trois touches de rouge qui soudain lui remirent en mémoire le visage de Blancheflor. Cette goutte, plus large et plus vive, comme une bouche, comme les lèvres vermeilles de la jeune femme. Et les deux autres, déjà à demi absorbées par la neige, roses déjà, telles des pommettes.

Un signe. Perceval se dit que c'était un signe. Cet oiseau, blessé par l'attaque du faucon, lui avait été envoyé par la Providence. Afin qu'il se rappelle. Qu'il se souvienne que la vie l'attendait, qu'elle pouvait être brutale, et triste, et injuste, mais qu'il n'avait ni l'âge ni le droit de s'en détourner. Il avait quitté le manoir familial dans la certitude que plus rien au monde ne valait la peine qu'on s'en soucie. Il avait tort. Il y avait Blancheflor, quelque part. Peu importe qu'elle l'ait repoussé, peu importe qu'elle soit sa cousine, rien n'importait que cela : trois gouttes de sang dans la neige avaient suffi à raviver le sentiment le plus intense et le plus troublant qu'il ait jamais connu : il aimait.

— Hé! Toi! Que fais-tu ici de si bonne heure?

Perceval sursauta. La voix était rauque, désagréable, autoritaire. Il ressentit comme un arrachement de l'âme de devoir détourner les yeux de sa vision. Il lança, avec rage :

— Et qui es-tu, toi, pour me déranger et me parler sur ce ton?

À peine eut-il prononcé ces mots qu'il reconnut l'homme à cheval, en haubert et cape fourrée. Le sénéchal Ké.

Celui-ci le reconnut également, avec déplaisir. Il lui revint aussitôt à l'esprit les prédictions d'Enide et du bouffon. « Balivernes, songea-t-il. Et je vais le prouver. »

— C'est donc toi, Gallois ! Que fais-tu ici ? Tu nous espionnes pour le compte de Mordret ?

— Ravalez vos insultes, Monsieur ! Je me soucie de Mordret autant que de vous. Passez votre chemin et laissez-moi en paix.

Ké fit avancer son cheval de quelques pas. Il désigna le campement de tentes, plus loin.

— Allons, Gallois, tu vas devoir me suivre chez le roi pour t'expliquer.

— Je n'ai rien à expliquer. Je vous ai envoyé le géant Aguingueron pour qu'il le fasse. Ne vous a-t-il rien dit ?

— Certes ! Mais dois-je croire à ce que raconte un ancien lieutenant de Mordret ? N'a-t-il pas aussi prétendu que tu poursuivais son maître ? Or, c'est ici que je te retrouve. C'est le roi, c'est l'armée, c'est nous que tu poursuis.

Perceval fit un geste d'agacement.

— Je ne poursuis plus rien ni plus personne...

— Ah ! ricana le sénéchal. As-tu si vite renoncé à jouer les chevaliers ?

— Monsieur, dit fermement le jeune homme, j'ai trahi le serment que s'était fait une vieille femme et elle en est morte. Passez votre chemin et allez dire au roi, et à qui veut l'entendre, que Perceval le Gallois renonce à la chevalerie.

Ké fit encore avancer son roncin. Il mit la main à la garde de son épée.

— Assez débité de sottises. Suis-moi chez le roi de ton plein gré, ou bien...

— Vous m'ennuyez...

Et Perceval, sur ces mots, tourna le dos au sénéchal. Après un dernier regard aux gouttes de sang que la neige, à présent, avait bues presque entières, il s'éloigna en direction de l'endroit où il avait laissé sa monture.

Furieux de cette attitude qui, pour lui, équivalait à un affront, Ké talonna son roncin, tira son épée et chargea en poussant un cri de rage.

Ce qui se passa ensuite, Ké lui-même ne le raconterait à personne. L'affaire aurait été trop humiliante. Alors qu'il n'était plus qu'à quelques foulées du jeune homme et s'apprêtait à le frapper du plat de sa lame, Perceval se retourna brusquement. L'épée était dans sa main. Il ne chercha pas à éviter le choc. Il se contenta d'un vif pas de côté quand le roncin fut sur lui, le poitrail lui frôla l'épaule, mais déjà il frappait.

D'un coup d'estoc, il atteignit le sénéchal au bras, qu'il brisa net.

La prédiction était accomplie.

Il regarda le roncin ralentir sa course. Ké, le dos étrangement plié par la douleur, s'effondra sur l'encolure.

Perceval remit son épée au fourreau et, sans un mot, traversa la clairière blanche en direction de la grotte pour y reprendre son cheval, et sa route.

10

La fin d'un monde

Aguingueron avait dit vrai. Les hommes de Mordret, emmenés par son lieutenant Clamadieu, s'étaient emparés par traîtrise de Carduel. Une partie des sergents, des varlets et des chevaliers qui s'y trouvaient avaient été tués, les autres enfermés dans les cachots. Les hommes de Clamadieu avaient pris leurs vêtements et leur place ; ils avaient ordre d'attendre l'arrivée du roi Arthur et de sa suite.

Mais ce qu'Aguingueron ignorait, c'est que le plus gros des troupes de Mordret, ralliées à lui de toute la Bretagne, et jusqu'en Écosse et en Irlande, s'était déployé dans les forêts environnantes. Si le piège disposé à Carduel ne marchait pas, si Arthur et les siens prenaient l'avantage sur les hommes de Clamadieu, ils seraient encerclés par des milliers d'adversaires.

Mordret, à la lisière d'un bois d'où il avait vue sur le château et sur la route qui y conduisait, attendait fébrilement dans le jour qui se levait. Il était nerveux. Morgane, sa mère, aurait dû le rejoindre depuis plusieurs jours. Bien qu'il ne doutât pas de ses propres capacités de guerrier ni de l'issue de la bataille décisive qu'il s'apprêtait à livrer, il se sentait mal à l'aise : il avait toujours eu sa mère à ses côtés et, sans elle, il perdait de son assurance, son arrogance n'était plus qu'une brutalité aveugle. Morgane était sa pensée, son ambition, son intelligence. Il avait besoin d'elle.

Avec un grognement de satisfaction, il fit soudain un pas en avant. Un cavalier approchait, à toute bride.

L'homme, parvenu devant Mordret, sauta de son cheval et vint s'incliner devant son maître.

— Eh bien ? lui demanda celui-ci.

— Seigneur, le roi est tout près d'ici.

Mordret serra les poings.

— Enfin ! Il se jette dans notre piège !

— Je n'en suis pas certain, seigneur...

— Pourquoi ? Parle !

— La reine ne l'accompagne pas. Il n'y a aucune dame ni demoiselle. Ce sont des varlets déguisés en femmes et Galehot travesti en Guenièvre qui ont pris leur place. Et le roi est suivi de tous ses chevaliers et de toutes ses troupes.

Mordret, furieux, gronda :

— Alors c'est qu'il a été averti. Qu'on nous a trahis !

— Je le crois aussi, seigneur. Aguingueron le géant chevauche à ses côtés.

— Par tous les diables ! Je l'avais laissé devant Beau Repaire, la citadelle de cette Blancheflor : il allait donner le dernier assaut ! Que s'est-il passé, tu le sais ?

— J'ai entendu dire qu'il a été défié et vaincu en jugement.

— Impossible ! Qui, à Beau Repaire, en aurait été capable ?

— Un jeune chevalier inconnu, qu'on appelle Perceval le Gallois.

— Un Gallois ! Mais d'où est-il sorti, celui-là ?

Sans attendre la réponse, Mordret saisit l'espion par l'épaule et le poussa rudement vers son cheval.

— Va prévenir l'armée du Nord ! Qu'elle attende mon signal ! L'assaut aura lieu très bientôt ! Va !

L'homme partit au galop. Mordret poussa un long cri de rage, leva la tête vers le ciel et hurla :

— Ma mère ! Ma mère ! Mais où êtes-vous ?

***

Une heure plus tard, Arthur et son armée parvinrent en vue de Carduel. Un soleil estompé par de lourds nuages gris éclairait d'une lueur livide les murailles du château et, derrière, une mer d'un vert sombre. En face, la forêt était blanche et noire : arbres défeuillés couverts de neige.

— Alors ? Qu'en dis-tu ? demanda-t-il à Gauvain qui rentrait d'une mission de reconnaissance.

— Je n'aime pas ce que j'ai vu. Carduel est trop calme : pas une silhouette sur les remparts, personne aux alentours. Et j'ai trouvé les empreintes fraîches d'un cheval qui se dirigeait vers la forêt.

— La forêt... Tu t'en es approché ?

— Non. J'ai cru y apercevoir des ombres qui m'ont inquiété. Des lueurs de métal...

— Tu crois... ? fit Arthur, pensif.

— Oui. Il y a des hommes en embuscade dans cette forêt.

— Très bien. Avertis nos hommes de se

tenir prêts à toute éventualité. Et avançons vers Carduel.

— Quelle est votre décision, Sire?

Arthur fit un geste fataliste.

— Dans cette forêt, il peut y avoir aussi bien une escouade qu'une armée. Nous n'en savons rien. Comportons-nous comme si c'était une armée. Que les capitaines me rejoignent. Je vais leur donner mes ordres.

— Sire, dit Gauvain, d'un ton inquiet, et si Mordret nous attendait avec tous ses alliés? Nous ne sommes pas assez nombreux.

— Et après? *Jamais* nous ne serons aussi nombreux qu'eux. Veux-tu que nous fuyions? Moi, je ne le veux pas. Le sort du royaume se jouera aujourd'hui, si Dieu en a décidé ainsi.

Pour couper court à toute discussion, le roi donna un coup d'éperons à son destrier. Gauvain le regarda s'éloigner. Puis, le cœur serré, il alla chercher les capitaines.

***

Lorsque le roi eut expliqué sa stratégie aux chevaliers en charge des troupes, chacun partit à sa mission.

Erec et ses hommes, escortant la litière dans laquelle se trouvait Galehot costumé en Guenièvre, prit le chemin du château. Le pont-levis s'abaissa à leur approche. Ils pénétrèrent dans la cour, calmement. Quand ils entendirent le pont-levis se relever dans un grand bruit de chaînes, ils attaquèrent. Erec et une partie de ses hommes s'engouffrèrent à cheval dans la salle. Là les attendaient deux douzaines d'hommes en armes. Il n'y eut pas un mot échangé, pas un instant perdu : ce fut aussitôt le combat. Cependant, Galehot et l'autre partie des troupes investissaient le château par ses diverses entrées.

L'effet de surprise, sur lequel avaient compté Clamadieu et ses sergents, se retourna contre eux. Ils ne s'attendaient pas à cette attaque immédiate et déterminée. En moins d'un quart d'heure, ils avaient été décimés et Clamadieu, désarmé et acculé dans un escalier par Erec, se rendit. Aussitôt, Galehot grimpa sur la plus haute tour, où il agita l'étendard du roi.

— Ils ont réussi ! s'exclama Gauvain en montrant le signal à Arthur.

Ils se tenaient au sommet d'une petite colline d'où ils pouvaient surveiller tous les alentours.

— Parfait. Nous saurons où nous replier si l'affaire tournait mal. J'espère qu'Yvain, Bréhu et Caradigas remporteront le même succès.

Yvain et ses hommes avaient feint de faire demi-tour. En réalité, ils avaient contourné la forêt pour y pénétrer plus au sud, où, si tout allait bien, personne ne les attendrait.

Le plan sembla marcher à merveille. Ils s'avancèrent profondément sous les frondaisons sans rencontrer âme qui vive. Jusqu'au moment où, dans une petite clairière, ils virent plusieurs dizaines d'hommes s'affairant à démonter un bivouac et à harnacher leurs chevaux.

Ils donnèrent l'assaut.

L'affaire paraissait facile. Dans un grondement de sabots martelant le sol, ils fondirent sur les hommes à pied. Ils en culbutèrent un grand nombre et croyaient déjà leur victoire assurée, quand, jaillissant par trois côtés de la clairière, ils se virent attaqués, encerclés par trois douzaines de Guerriers Roux. Ils se défendirent du mieux qu'ils purent, leurs chevaux se tenant flanc à flanc, en un groupe compact d'où sifflaient les coups d'épée et de masse d'armes.

Mais les guerriers saxons étaient plus nombreux qu'eux, plus grands, plus lourds. Les chevaliers tombèrent l'un après l'autre.

Lorsque Yvain comprit qu'il restait le seul encore en selle, et malgré une blessure à l'épaule qui saignait abondamment, il se jeta hardiment sur ses adversaires en criant :

— Pour Dieu et pour le roi !

La lame énorme d'un Saxon le décapita net. Sa tête roula dans la clairière qui n'était plus qu'un champ de boue et de sang.

En d'autres points de la forêt, Bréhu, Caradigas et leurs chevaliers subirent un sort identique. Ils se battirent jusqu'au dernier contre des assaillants parfois dix fois plus nombreux. Mais, pour l'un d'entre eux qui mourait, c'étaient au moins cinq de leurs adversaires qui tombaient. Jamais, dans l'histoire de la Table Ronde, ses chevaliers n'avaient eu à démontrer autant d'audace et de prouesse. Et si aucune des trois escouades commandées par Yvain, Bréhu et Caradigas ne connut un seul survivant, elles firent des ravages parmi l'armée de Mordret, qui en sortit affaiblie dans ses forces comme dans son courage. La nouvelle se répandit très vite des trois assauts qui avaient eu lieu, et de leurs conséquences. Désormais, plus personne ne fut certain que la disproportion des forces suffirait à remporter la victoire lorsqu'il faudrait affronter le gros des troupes d'Arthur. Un sentiment de crainte se diffusa jusque parmi les Guerriers Roux, et le duc saxon qui était à leur tête eut la tentation de rebrousser chemin quand il apprit que près de la moitié de ses géants en peau d'ours gisaient dans les clairières où s'étaient déroulés les combats.

Lorsque le soleil spectral de l'hiver parvint à son plus haut point, Arthur cessa d'espérer le retour de ses chevaliers. Il comprit qu'aucun ne reviendrait et qu'il fallait à présent conduire son armée à la bataille.

— Il est encore temps de nous replier à Carduel, lui dit Gauvain.

— Non.

— La reine est seule à Camaalot. Si nous sommes vaincus, elle tombera aux mains de Mordret.

Arthur, l'air sombre, ne lui répondit pas. Guenièvre, pensa-t-il, était en d'autres mains, déjà. Celles de Lancelot. Alors, que lui restait-il d'autre que de se conduire en roi, en chef de guerre? Il se sentait veuf dans son cœur. Il leva son épée au-dessus de sa tête et donna l'ordre :

— Pour Dieu et pour la Table Ronde!

Deux cents voix lui répondirent par une longue clameur. Gauvain vit des larmes perler au coin des paupières du roi. Il détourna les yeux. Il s'en voulut d'avoir suggéré la retraite. Oui, le sort du royaume, et du monde, de leur monde, se jouerait dans les heures qui venaient. Il n'y avait pas d'autre choix.

Sous le commandement du roi, l'armée s'ébranla. Elle passa sous les murailles de Carduel et descendit sur l'immense plage de la marée basse. Là, elle se déploya en arc de cercle. Elle faisait face à la forêt dont les derniers arbres se dressaient à cinq cents pas. Derrière elle, l'écume des vagues léchait les sabots des chevaux.

— Pourquoi prendre cette plage pour champ de bataille, Sire? demanda Gauvain.

— Parce que reculer y est impossible.

Peu après, des troupes à pied sortirent de l'abri des arbres. Elles avancèrent lentement, et l'on aurait pu croire qu'elles ne cesseraient d'avancer tant elles étaient nombreuses. Au moins un millier d'hommes, estima Gauvain. Puis ce fut au tour des chevaliers et des guerriers saxons. Trois bonnes centaines de cavaliers.

Enfin Mordret apparut. Son destrier noir était caparaçonné d'une lourde étoffe de fil d'or. Son armure, des gantelets aux jambières, était d'or elle aussi. Il allait tête nue, ses longs cheveux noirs flottant négligemment dans la brise de mer. Les chevaliers et les Guerriers Roux s'écartèrent, comme formant une haie en son honneur. Il immobilisa son cheval derrière ses fantassins.

Plus de trois cents pas encore le séparaient d'Arthur. Mais sa voix franchit sans peine cette distance.

— Arthur ! Ce soir, tu ne seras plus ni mon roi ni mon père ! Ce soir, même le seul souvenir de la Table Ronde aura été effacé ! Ce soir, un autre monde et un autre roi se lèveront sur cette plage qui sera ton cimetière ! Ce soir, on n'aura plus qu'un nom aux lèvres : Mordret !

Et toute son armée reprit en chœur, comme un cri de guerre :

— MORDRET ! MORDRET ! MORDRET !

Gauvain fit approcher sa monture du destrier du roi.

— Répliquez-lui, Sire ! Qu'il n'ait pas le dernier mot...

— Le dernier mot, je le lui dirai quand il mourra.

***

La bataille fit rage pendant des heures.

Elle tourna d'abord à l'avantage des hommes d'Arthur. Ils frappèrent, cognèrent, taillèrent dans les troupes à pied sur lesquelles ils avaient rué leurs chevaux. D'un millier de combattants, il n'en resta pas cent debout, qui s'enfuirent pour sauver leur vie. C'est alors que Mordret et ses cavaliers chargèrent.

Ce fut une mêlée de chevaux et d'armes, un vacarme de cris de guerre, de douleur et de rage. Au centre de sa cavalerie, Arthur combattait avec une extraordinaire bravoure, frappant de tous côtés mais toujours à bon escient, choisissant de s'enfoncer dans les groupes de Géants Roux dont il savait qu'ils étaient les plus dangereux adversaires. Il les mystifiait par la vitesse de ses parades, l'habileté de ses feintes, la surprise du coup fatal. Autour du roi, les ennemis tombaient l'un après l'autre. Et, quand un Saxon cherchait à l'attaquer par-derrière, il y avait toujours Gauvain, qui ne le quittait pas, pour le débarrasser de ce lâche.

Quant à Mordret, il restait en retrait de la bataille, se contentant de caracoler de droite et de gauche, cherchant à ne jamais lâcher des yeux Arthur. De temps à autre, il levait le regard vers le ciel et on l'entendait appeler :

— Ma mère ! Ma mère !

Gauvain défendait le roi contre un Saxon qui s'apprêtait à abattre sa masse d'armes sur sa nuque, quand il ressentit une effroyable douleur dans les reins. Il trouva la ressource d'égorger le Guerrier Roux d'un coup de taille, avant de s'effondrer sur l'encolure de son destrier. Il frappa au hasard — cherchant à atteindre l'ennemi qui l'avait blessé aux reins. Puis il perdit connaissance.

Pantin désarticulé, il glissa à bas de son cheval.

***

Lorsqu'il reprit ses esprits, il était étendu sur le sable. La douleur dans ses reins était atroce. Autour de lui, la plage était jonchée de cadavres d'hommes et de chevaux. Il rampa jusqu'au grand corps d'un destrier agonisant, s'y mit à l'abri.

Là-bas, entre plage et forêt, quelques dizaines d'hommes se battaient encore. Au milieu : le roi et Ké, le sénéchal. Ils étaient dix, vingt, trente contre eux! Gauvain tenta de se redresser. Il devait se porter au secours d'Arthur, son suzerain, son oncle... Mais ses jambes ne lui obéissaient plus.

Son roi allait mourir, vaincu par des adversaires trop nombreux... Il vit Mordret, dans sa prétentieuse et ridicule armure d'or, qui se tenait à l'écart du combat. Les yeux rivés sur les derniers combattants qui assaillaient un Arthur solitaire.

— Lâche, murmura-t-il. Sale couard...

Mais il ne pouvait rien faire. Sa blessure

l'avait privé de l'usage de ses jambes. Il se traîna contre le cadavre chaud du cheval, y appuya sa tempe.

— Prenez garde!

L'appel venait de sa gauche. Il tourna la tête. Un autre groupe se battait, au bord du sable. Galehot. Galehot et Erec, qui avaient quitté le château de Carduel pour prêter main-forte à leurs amis. Comme Arthur et Ké, ils affrontaient une nuée d'adversaires. Le sang de multiples blessures maculait leurs hauberts.

Et un cavalier se jetait dans la mêlée. Il ne portait aucune armure, aucune protection. Sa barbe était grise. Gauvain, le voyant, en oublia l'effroyable douleur de ses reins. Cette allure... Ces épaules...

L'homme à barbe grise et en simple chemise — comme s'il ne craignait ni les coups ni l'hiver — toucha, en trois coups vifs comme la foudre, trois adversaires. Il entrait dans la mêlée comme une lame dans une chair. En très peu de temps, dix, quinze, vingt cavaliers furent tués ou mis à terre. Il semblait que chacun de ses coups touchait son but.

Cette allure... Cette façon de combattre...

L'homme à barbe grise moulina une dernière fois de son épée et lança à Galehot :

— Romps l'assaut! Dégage-toi!

Galehot obéit aussitôt à cet ordre. Mais non sans s'exclamer :

— Monsieur ! Monsieur, c'est vous ?

— Et qui veux-tu que ce soit ? répliqua l'homme à barbe grise auquel, soudain, Gauvain donna son nom : Lancelot. Dégage-toi, te dis-je !

Lancelot... Gauvain éprouva soudain une grande paix, un immense soulagement. Son ami était vivant, et de retour. Et lui-même n'aurait plus à protéger le roi : le meilleur chevalier du monde, sorti d'il ne savait quels limbes, s'en chargerait.

Là-bas, Ké venait d'être abattu d'un coup de masse. Arthur était seul.

— Le roi... Va sauver le roi ! voulut lui crier Gauvain.

Mais sa voix ne portait plus assez loin. Il était mourant.

— Le roi... Va sauver le roi...

Il fit un effort pour ne pas s'évanouir. Et il fit bien : car ce qu'il vit alors le réjouit davantage, peut-être, que tout ce qu'il avait connu d'instants de bonheur dans sa vie.

Dès que Galehot lui eut obéi, Lancelot précipita son cheval à l'assaut des Guerriers Roux qui encerclaient Arthur. Il en culbuta trois en autant de coups d'épée, fit reculer les autres, dit au roi : « En arrière, Sire ! En arrière ! Je vous protège ! », et se jeta sur les Saxons qui hésitaient entre le combat et la fuite. Il en tua deux, échangea quelques coups avec un troisième ; les survivants s'enfuirent.

Il ne resta plus, sur les cinq cents pas séparant la plage et la forêt, que des centaines de cadavres et de blessés. Et Mordret, seul, dont le cheval piaffait. Et Arthur, seul, qui descendait de son cheval et se précipitait vers Gauvain, auprès duquel, déjà, Galehot s'était agenouillé.

— Mon neveu, mon ami... Je vous dois vingt fois la vie au cours de cette bataille... Vous ne pouvez pas mourir...

Mais Gauvain ne regardait ni Galehot ni Arthur. Ses yeux ne lâchaient pas Lancelot, toujours à cheval, s'approchant de Mordret, qui criait vers le ciel :

— Ma mère ! Ma mère ! Ne m'abandonnez pas ! MA MÈRE !

Arthur s'accroupit près de Gauvain.

— Mon neveu, mon préféré... Comment vas-tu ?

— Je crois que la Providence a décidé que je vous abandonnerais là, Sire. Ne pleurez pas, je vous en prie... Vous me perdez, mais vous retrouvez le meilleur des chevaliers : Lancelot.

— Gauvain...

— Taisez-vous, Sire. Écoutez-moi — et toi aussi, Galehot : dites à Lancelot que peu importe ma mort. Ma mort, je l'ai cherchée. Elle ne vous était pas due, mon roi, mais je devais tout faire sans craindre qu'elle survienne. Dites-lui que je suis fier qu'il se soit lui aussi conduit comme votre chevalier. Je meurs et je vous ai laissé à la merci de vos adversaires. Il est vivant, et il vous a sauvé. Il est meilleur chevalier que moi. Vous devez l'aimer, Sire, comme il vous aime...

— Gauvain, tu ne sais pas...

— Je ne veux pas savoir, Sire... Je sais. Je sais que, lorsque j'attendais le retour de Lancelot debout toute la nuit dans une tour, Guenièvre l'attendait aussi, dans l'intimité de sa chambre. Je sais cela, Sire.

Gauvain fit l'effort de se tourner sur le flanc et prit le poignet d'Arthur.

— Je sais aussi que jamais ils ne vous ont trompé. Ni dans leur corps ni dans leur foi. Le reste... Ce sont des faiblesses humaines.

Les doigts de Gauvain serrèrent plus fort le poignet du roi.

— Promettez-moi, Sire, promettez à un mourant que vous leur pardonnerez. Que vous leur avez pardonné...

Arthur se pencha sur Gauvain dont la voix n'était plus qu'un souffle.

— Pour toi, je veux bien faire cette promesse.

— Merci...

Ce ne fut qu'un soupir. Le dernier de Gauvain, parangon de chevalerie, favori des dames, et qui, parce qu'il avait choisi la légèreté, le plaisir et le bonheur facile, n'avait jamais été jugé à la hauteur de sa prouesse. Gauvain mourait, et avec lui c'était tout un art de la politesse du courage qui s'éteignait.

Galehot pleura. Mais Arthur resta les yeux secs. Il se sentit saisi par une colère sans pareille. Il se redressa, regarda, effaré, autour de lui : des morts, des morts, des morts, et du sang et de la boue. Ce n'était pas pour cela qu'il avait été roi. Et s'il avait une nuit commis une faute, en faisant un enfant à Morgane, le monde entier devait-il la payer à présent ? Il n'y avait plus de vivants autour de lui que Galehot et, dépenaillé, blafard et gris comme un spectre à cheval, Lancelot.

— Mon règne ne s'achèvera pas sur un jour si cruel !

Le soleil se couchait lentement sur la mer. Et, là aussi, c'était du sang qui s'épandait sur la mer — comme pour se joindre au sang de toutes les victimes de cette bataille sans merci.

— Mordret ! cria Arthur. Mordret, qui est la cause de ce désastre ? Toi ou moi ? Ou nous ensemble ?

Mordret était là. À deux cents pas. Ruisselant d'or parmi des monceaux de cadavres.

Arthur se tourna vers Galehot :

— Donne-moi une lance !

À ce moment, le cheval de Lancelot s'arrêta près du roi.

— Sire, laissez Mordret à sa défaite, dit-il. Il n'a plus d'armée, il n'aura jamais plus d'alliés. Vous avez gagné.

— À quel prix ? répliqua Arthur. La mort imbécile de toute une génération d'hommes de valeur !

— Nous sommes encore là, Sire.

— Qui ?

— Vous, Galehot... Et moi, si vous l'admettez...

Le roi hocha longuement la tête, en silence. Puis il tendit la main vers Galehot qui lui présentait une lance. Il l'assura sous son bras, en soupesa l'équilibre.

— Vienne la vie, vienne la mort, Lancelot. Tu m'as pris Guenièvre, l'essentiel de ma vie.

— Elle vous attend, Sire. Elle vous a toujours préféré.

— Préférer n'est pas aimer, répliqua le roi. L'amour n'est pas un choix.

— Pardonnez-moi, Sire, mais vous avez tort. L'amour est comme cette bataille : n'en survivent que quelques-uns.

— Tu en fais partie. Que dois-je croire?

— Laissez-moi affronter Mordret, le vaincre et m'en aller. Je vous fais le serment que vous ne me verrez plus.

— Tu es sans doute plus fort que Mordret, dit Arthur en hochant lentement la tête. Mais moi? Voilà qui m'intéresse.

— Sire... Ne faites pas cela...

— Tu n'as rien à m'interdire.

Arthur releva la pointe de sa lance et s'adressa à Mordret, dont le cheval errait entre les corps.

— Achevons cette bataille. Tu crois qu'il est question de la suzeraineté de mon royaume et de nos îles? Non, Mordret. Il n'est question que de toi et moi.

— Je vous hais! hurla Mordret. Qu'avez-vous fait de Morgane, de ma mère?

— Il n'est pas non plus question de ta mère. Cette affaire est entre nous. Décide-toi.

Mordret cingla la croupe de son destrier. Partant au galop face à Arthur, il s'exclama :

— Pour Morgane! Pour ma mère!

À quoi la voix fatiguée de Lancelot répondit, pour le roi :

— Dieu vous soit en aide...

Arthur empoigna sa lance à deux mains. Et il se mit à courir face à Mordret. Il ne chercha pas à embrocher le cheval. Mordret avait sorti son épée du fourreau, relevé son écu, prêt à recevoir le choc. Arthur, avec une grande habileté, frappa le cavalier sous le bouclier. La lance, au défaut de l'armure, se planta dans le haubert, le déchira et transperça Mordret. Fiché à la hampe de la lance comme un gibier à une flèche, Mordret fut arraché de sa selle, son cheval poursuivit sa course, tandis que son cavalier, embroché par les entrailles, retombait miraculeusement sur ses pieds.

N'importe qui, à sa place, serait mort sur-le-champ. Lui, quand il comprit que sa blessure était mortelle, se projeta en avant, de toute la force qui lui restait. La lance s'enfonça jusqu'à la garde. Mordret n'avait pas lâché son épée. Il frappa son père, Arthur, et l'atteignit à la tempe.

Tous deux s'écroulèrent. Mordret mourut presque instantanément. Quant au roi, Galehot et Lancelot se précipitèrent à sa rescousse. Une longue et profonde plaie lui avait ouvert le crâne. Il était conscient encore. Mais il était trop tard pour le sauver.

— Sire, Sire, dit Galehot, que pouvons-nous faire ?

Le roi, dont tout le visage était ensanglanté, tourna péniblement la tête.

— Le soir tombe, il fera bientôt nuit... J'entends des bruits... Que se passe-t-il ?

Le chevalier nouveau et le chevalier à barbe grise levèrent les yeux vers le champ de bataille : la nuit tombant, des ombres se glissaient furtivement entre les cadavres, des voleurs et des détrousseurs étaient arrivés, se glissant d'un corps à l'autre, d'un mort à un blessé, pour leur voler, à la première clarté de la lune, leurs colliers, leurs bagues, leurs joyaux et leurs armes. Ceux qui n'étaient pas tout à fait morts, ils les tuaient pour faciliter leurs rapines. C'était un spectacle trop désolant pour que Lancelot ou Galehot dise au roi la vérité.

— Ce n'est rien, Sire, c'est le vent. Nous allons vous porter au château. Nous vous y soignerons.

Ils saisirent le roi sous les aisselles, le relevèrent. Il avait le visage rouge du sang qui ne cessait de couler de sa blessure à la tempe. Il ne parvint pas à se tenir debout.

— Ma tête me fait trop mal... Recouchez-moi... Je vous en prie...

Ils lui obéirent. Avec mille précautions, ils

l'allongèrent sur le sable. Arthur prit Galehot par le poignet.

— Tu vas rendre un dernier service à ton roi. Prends mon épée...

Galehot retira l'arme du fourreau. Il lui sembla alors qu'une force étrange s'emparait de son bras. Il regarda avec une sorte de crainte scintiller la lame de cette épée légendaire, l'épée des rois de Logres, Excalibur.

— À présent, tu vas te rendre au bord de l'eau. Et tu jetteras Excalibur le plus loin possible dans la mer. Tu reviendras me dire ce que tu as vu.

— À vos ordres, Sire.

Galehot se redressa et s'éloigna vers le rivage. La même force étrange continuait d'irradier dans son bras, jusqu'à son cœur. Quand il s'arrêta à la limite extrême des vagues, il observa la mer, presque noire maintenant que le soleil s'était couché. Il esquissa le geste d'y jeter l'épée. Il ne l'acheva pas. Il ne pouvait s'y résoudre. C'était l'arme du pouvoir sur ces terres, sur leur monde, et si elle aussi disparaissait, comme le roi, que resterait-il d'espoir de voir renaître des jours meilleurs ?

Sa décision fut prise : il cacha Excalibur sous un pan de sa cape et retourna auprès du roi dont Lancelot, agenouillé, soutenait la tête blessée.

— Voilà, Sire.

— Bien. Et qu'as-tu vu?

— Rien. Rien d'autre que la mer et la nuit qui tombe.

— Alors, Galehot, tu me mens. Tu n'as pas exécuté mon ordre. Va, va jeter cette épée. Si tu veux que je t'aime encore avant mon dernier souffle, obéis-moi.

— Mais, Sire...

— Tu ne dois pas hésiter, si tu m'aimes...

Accablé, Galehot regarda Lancelot, pour quêter son soutien. Mais le chevalier se contenta de hocher une seule fois la tête : obéis.

Alors Galehot repartit à la lisière des vagues. Il prit une profonde inspiration et jeta Excalibur de toute sa force. Scintillante, elle voltigea par-dessus la mer, retomba et, à l'instant où elle allait toucher l'eau, une main, une longue main blanche de femme jaillit des vagues, referma ses doigts sur le pommeau, la maintint brandie vers le ciel, puis s'enfonça lentement, emportant l'épée avec elle.

Le jeune chevalier rejoignit Arthur et Lancelot. Il leur raconta le prodige auquel il venait d'assister.

— Parfait, dit le roi. Ce qui devait être fait l'a été. Maintenant, à mon tour de m'en aller.

Il tourna péniblement la tête vers Lancelot.

— Mon ami, je n'ai pas su te pardonner ; la mort le fera à ma place. Sache pourtant que tu m'as beaucoup manqué. Si tu avais été près de moi dès le début de cette bataille... Mais c'est ainsi. Peu importe... Tu vas être délivré bientôt de tout serment envers moi. Guenièvre est seule à Camaalot. Agis comme tu le dois... Vous allez entrer dans des temps difficiles. Les chevaliers de notre monde sont presque tous morts aujourd'hui. Il y aura de grands désordres, et nul ne sait quel nouveau monde ils engendreront... Que Dieu te vienne en aide.

Des larmes roulaient sur les joues de Lancelot, s'accrochaient à sa barbe. Il ne prononça pas un mot. Il se pencha et baisa le roi à la tempe, à l'endroit même de sa blessure.

— Finissons-en, murmura Arthur. Portez-moi sur le ponton de Carduel. On m'y attend.

***

Le long de la jetée de bois, une grande barque avait accosté. Sa voile était blanche, mais les silhouettes à son bord étaient noires : trois femmes dissimulées sous de grands capuchons. Ni Lancelot ni Galehot ne pouvaient voir leurs visages.

— Déposez-moi dans la barque, leur dit Arthur.

Ils le placèrent sur des coussins dans le fond du bateau.

— Adieu.

Ils comprirent que le roi leur demandait de le quitter. Ils remontèrent sur le ponton. Les trois femmes, alors, vinrent entourer Arthur. Ils les entendirent qui pleuraient. L'une d'elles, caressant le front du roi, dit d'une voix mélancolique :

— Mon frère, nous voici enfin réunis.

— Morgane ?... Toi aussi ?

— Je t'ai précédé de quelques jours, mon frère. Là où nous allons, j'espère que tu me pardonneras comme je me repens.

— Ce sera difficile. Après tant de malheurs, un tel désastre...

— Je sais.

Les deux autres femmes en noir défirent les amarres. La brise aussitôt gonfla la voile. La barque s'éloigna à bonne allure sur la mer.

— Sire ! Sire ! s'écria Galehot. Est-ce que vous reviendrez ?

— Ne perds pas courage. Je pars pour Avalon. On dit qu'on y guérit de toutes ses blessures...

Le vent emporta les dernières syllabes.

Les deux chevaliers demeurèrent longtemps

sur le ponton. Jusqu'à ce que la voile blanche disparaisse dans la nuit de l'horizon.

***

Au matin, les deux chevaliers étaient loin de la mer, de Carduel et du champ de bataille. Ils avaient chevauché toute la nuit, côte à côte, sans prononcer un mot. Dans l'hiver, sous la neige, tout semblait aussi mort que ce qu'ils avaient laissé derrière eux.

Ils arrêtèrent leurs montures au carrefour de trois routes. Ils étaient épuisés, couverts de boue et de sang.

— Nous nous séparons là, dit Lancelot.

— Quelle route prenez-vous, Monsieur?

— Celle de Camaalot. J'ai un devoir à remplir.

Le regard de Lancelot se brouilla soudain. Il ajouta, les yeux dans le vague :

— Pour la première fois de ma vie, je doute de ce qu'il me faudra faire...

— Laissez-moi vous accompagner.

— Non. Vis ta vie. Tu es l'un des derniers chevaliers en ce monde. On a besoin de toi ailleurs.

— Où cela?

— Va où ton désir te porte. Tu le sauras.

— Mon désir, Monsieur, me porte à demeurer auprès de vous.

— Tu as tort.

— C'est à moi d'en décider.

Lancelot attrapa soudain le cheval de Galehot par la bride.

— Je ne veux pas de toi !

Le jeune homme baissa les yeux, blessé comme si le chevalier l'avait giflé.

— Alors, vous ne m'aimez pas...

— Au contraire. Je t'aime assez pour t'obliger à être libre. Va-t'en, Galehot. Deviens qui tu dois être. Tu n'y parviendras que loin de moi. Sans moi.

— Monsieur...

— Va-t'en !

D'un violent revers de main, Lancelot cingla la croupe du roncin du jeune homme. Le cheval sursauta, bondit et fila dans un galop désordonné sur la route de l'ouest.

Lancelot éperonna alors sa monture et partit sur la route du sud, qui menait à Camaalot.

Il songeait à ses retrouvailles avec Guenièvre. Il songeait que désormais il serait sans cesse auprès d'elle. Cela ne lui donnait aucune joie. Il savait que plus aucun amour n'était possible entre eux. Il avait trahi un roi, il ne trahirait pas un mort.

Des temps difficiles, avait dit Arthur. Oui, les temps seraient difficiles : des hordes s'abattraient sur ce monde sans roi, sans chevaliers, sans règles, il faudrait se battre jour après jour... Mais se battre n'avait jamais fait peur à Lancelot. C'était sa manière de vivre, le sens profond de son existence.

Plus difficile serait le temps qu'il passerait auprès de Guenièvre. Sans se permettre le droit de la toucher ni de lui parler d'amour. Il chevauchait vers Camaalot, mais c'était comme retourner dans le Val sans Retour. À cette douloureuse différence près : Guenièvre n'aurait rien d'une illusion...

Pour la première fois depuis des jours, le soleil perça entre les nuages. Lancelot atteignit un ruisseau. La glace fondait.

Ou bien, se dit-il tout à coup, Guenièvre a toujours été une illusion. Mon illusion.

— Peut-être..., murmura-t-il.

Puis, d'un bond, il fit franchir le ruisseau à son cheval.

***

Plus loin vers le nord, un autre cavalier se posait des questions semblables.

Perceval avait longtemps suivi le rivage de la mer. Et, maintenant, la haute citadelle de Beau Repaire se dressait devant lui.

Qu'allait-il dire à Blancheflor? Comment l'accueillerait-elle? Il n'en savait rien. Il savait seulement que son image, ranimée par trois simples gouttes de sang dans la neige, n'avait cessé de l'obséder. Il savait seulement que, s'il lui arrivait encore de combattre comme un chevalier, il ne le ferait qu'à son service.

Comment l'accueillerait-elle ? Que lui dirait-il ? Il n'avait plus que ces deux questions en tête. Il ignorait que c'étaient deux autres questions, beaucoup plus simples, que son destin attendait de lui. Il ignorait qu'il s'était trompé de chemin et qu'un vieux roi infirme attendait son retour.

Mais cela se passerait en un autre temps, et comment aurait-il pu se douter que son sort l'avait voué, non pas à une jeune femme aux lèvres rouges, aux pommettes roses, mais à la mystérieuse procession d'une Lance qui saigne et d'un Graal ?

Perceval approchait de l'entrée de la citadelle. Son cœur battait à tout rompre. Il allait revoir Blancheflor.

***

Et, au milieu d'une lande des Hautes Terres d'Écosse battue par des vents tourbillonnants, abandonnée aux rapaces et aux loups, Merlin, le « fils du diable », pleurait.

La veille, et durant toute la nuit, malgré des centaines de lieues de distance, il avait éprouvé toutes les souffrances des chevaliers tués au combat. Cela l'avait pris d'abord comme un tremblement irrépressible, il était resté figé sur la lande, tout son corps agité, des pieds à la tête. Puis il avait ressenti chaque coup d'épée, chaque coup de masse, chaque blessure, chaque membre brisé. Il hurlait de souffrance, les yeux exorbités, la face livide. Il hurlait si fort et si douloureusement que les éperviers, les aigles et les loups avaient fui hors de leurs territoires, terrifiés. C'était une clameur comme on n'en avait jamais entendu. La clameur, dans un seul homme, d'une seule bouche, de tout un monde qui agonise, mutilé, éventré, assassiné.

Plus tard, la nuit tombée, Merlin s'était effondré dans les bruyères enneigées. Il tremblait toujours. Il parlait. Il parlait, ou plutôt : des mots, des cris, des phrases, des voix jaillissaient en désordre de ses lèvres. Tous les mots, les cris, toutes les phrases, les voix des chevaliers dont l'âme quittait le corps. Et les mots, et la voix d'Arthur, enfin. Merlin se tordait sur le sol. Il avait tellement mal à la tête... Il se l'était frottée, comme pour en arracher cette douleur. En vain. Et il avait ouvert ses mains, les avait contemplées : elles étaient rouges, poisseuses d'un sang qui n'était pas le sien, et qui ne cessait, ne cessait, ne cessait de s'écouler, telle une fontaine maléfique...

Il avait eu la vision hallucinée d'une barque à la voile blanche, et de trois femmes sans visage sous leurs capuchons noirs. Soudain apaisé, il avait sombré dans l'inconscience...

Ce matin-là, il s'était éveillé au milieu de la lande. Il avait aussitôt regardé les paumes de ses mains : non, il n'y avait pas de sang. Il s'était mis debout. Difficilement. Une immense fatigue l'accablait. La tête lui tournait — des images défilaient très vite devant ses yeux, l'étourdissant : images fugitives de mille combats, armes qui transpercent les chairs, os qui éclatent sous les coups, têtes qui roulent dans la neige et le sang...

À présent, délivré de ces visions, Merlin se tient droit, debout sur la lande; il élève les bras vers le ciel. Et il pleure.

Lexique

armes : il s'agit aussi bien des armes défensives (l'armure, le heaume, le haubert et l'écu) que des armes offensives (la lance, l'épée). Par armes, on entend aussi les armoiries.

brisées : branches cassées par le passage de l'animal.

Camaalot : à la fois la ville et le château principal (avec Carduel) du roi Arthur. En général, un château se dressait près d'une ville ou d'un village dont il assurait la protection.

chaceor : cheval de chasse.

fumées : terme de chasse. Excréments d'animaux dont on suit la trace.

jugement : duel judiciaire. Lorsque les deux adversaires ne sont pas égaux dans la hiérarchie féodale, celui qui occupe le rang le plus élevé est représenté par un champion.

nécromancien : la nécromancie est l'art magique d'évoquer les morts pour connaître l'avenir ou découvrir un secret. Au Moyen Âge, on appelait nécromancien la plupart des magiciens et des sorciers.

neveu : au Moyen Âge, l'oncle avait une importance souvent plus grande que le père pour l'apprentissage et, plus tard, la carrière d'un jeune noble.

prouesse : ici, l'ensemble des qualités de bravoure du chevalier.

roncin : le roncin (ou roussin) est un cheval tous usages et tout terrain. Le *destrier* est un cheval de combat; le *palefroi*, un cheval de cérémonie.

salle : pièce principale du château, où ont lieu les activités sociales : repas, réceptions, cérémonies, etc.

Saxons : depuis le milieu du Ve siècle environ, les Saxons, venus de Germanie, et les Angles, venus du Danemark, ont entrepris l'invasion de la Grande-Bretagne. Arthur et ses chevaliers sont des Celtes, peuple autochtone.

suzerain : seigneur qui concède un *fief*, c'est-à-dire des terres, à un *vassal*, lequel lui doit en retour service et fidélité. Le roi Arthur ne possédait aucune terre personnellement; toutes étaient attribuées en fief à des vassaux, aussi appelés *barons*.

tournoi : contrairement à l'image que les films ont popularisée sous ce nom (et qui est, en fait, le *jugement*), les tournois consistaient essentiellement en l'affrontement de deux ou plusieurs troupes de chevaliers, sur un terrain parfois très étendu qui pouvait comprendre un bois, un village, une rivière, etc. Le tournoi était une bataille rangée, le simulacre d'une action de guerre. Des chevaliers sans fief ni héritage pouvaient, s'ils étaient assez habiles et assez audacieux, y faire leur réputation et leur fortune (comme les sportifs d'aujourd'hui) : ils avaient le droit de prendre l'équipement et la monture des adversaires qu'ils avaient vaincus et les vendre, parfois très cher. Ils étaient alors admis dans l'entourage des rois et des princes, et les représentaient partout en tant que champions. Ensuite, par le mariage, ils s'élevaient dans la hiérarchie sociale de l'époque.

varlet : adolescent au service d'un seigneur, auprès duquel il fait son apprentissage avant d'être à son tour chevalier (on disait aussi *valet* ou *vallet*).

vavasseur : dans la hiérarchie féodale, vassal du rang le plus bas. Le vassal de tel suzerain peut être lui-même le suzerain d'un vassal moins puissant. Le vavasseur est un vassal qui, trop pauvre, ne peut avoir de vassal lui-même.

Biographies

CHRISTIAN DE MONTELLA

L'auteur est né en 1957, a fait des études de lettres et de philosophie. Père de trois fils, il a exercé différents métiers aussi nombreux que variés, avant de choisir l'écriture : ouvrier agricole, comédien, moniteur de sport, attaché d'administration... À ce jour, il a déjà publié des romans au Seuil, chez Gallimard, chez Fayard et chez Stock. Il écrit également pour les enfants à L'École des Loisirs, à Je Bouquine, chez Bayard et au Livre de poche jeunesse. Son roman *Les Corps impatients* a été porté à l'écran en avril 2003.

Olivier Nadel

Peintre, illustrateur se délectant d'huile de lin polymérisée, de sanguine et d'aquatinte.

Terrain d'action : Mythes, Histoire, aventure et didactique multimédia.

Enseigne l'illustration aux Arts-Décoratifs de Strasbourg.

Table

Vivez au cœur de vos

passions

4 ans, 6 mois et trois jours plus tard...
Emmanuel Bourdier
n°989

Lorsque Julien se réveille, il n'en revient pas. Il a dormi 4 ans, 6 mois et 3 jours... exactement ! Il n'a plus dix ans mais presque quinze ! Désormais, tout est nouveau : ses immenses pieds, sa nouvelle tête, celle de ses copains dans la cour du collège... et les filles ! Et surtout la jolie Suzanne...
Comment faire pour rattraper le temps perdu ?

Un village sous l'Occupation... n°1003
Bertrand Solet

Depuis sa défaite militaire en 1939, la France est occupée par l'armée allemande. Le village de Saint-Robert apprend à vivre avec l'occupant. Si la plupart des habitants ferment les yeux, certains veulent à tout prix les garder ouverts. Comme Pierre et Léa qui rêvent d'un monde différent. Ensemble, ils vont tout mettre en œuvre pour retrouver leur liberté...

Les années

avec **CASTOR POCHE**

Aliénor d'Aquitaine n°641
Brigitte Coppin

1137. Aliénor, âgée de 15 ans, quitte sa chère Aquitaine pour épouser le roi de France et devenir reine. Elle entre à Paris sous les cris de joie et les gerbes de fleurs, mais très vite, sa vie royale l'ennuie. Entre une belle-mère autoritaire et un mari trop timide, Aliénor ne parvient pas à assouvir ses rêves de pouvoir et sa soif d'aventures.

Les années

COLLEGE

avec **CASTOR POCHE**

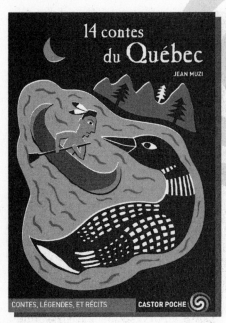

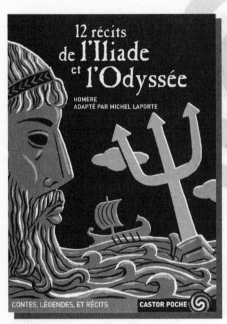

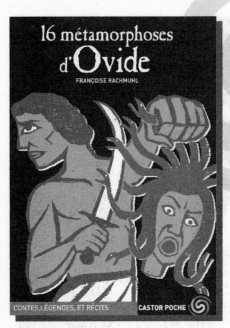

Un cheval peut en cacher un autre
Marie Amaury

n°974

Marine ne supporte pas Hughes, son "beau-père", et ce dernier le lui rend bien ! Surtout lorsque la jeune fille détruit, par accident, le disque dur de son ordinateur. En guise de punition, Marine se voit contrainte de travailler 13 heures par semaine dans le haras que dirige Hughes. Marine découvre un nouvel univers plein de surprises...

Cet
ouvrage,
le mille quarante-quatrième
de la collection
CASTOR POCHE,
a été achevé d'imprimer
sur les presses de l'imprimerie
Maury Eurolivres
Manchecourt – France
en février 2007

Dépôt légal : mars 2007.
N° d'édition : L.01EJEN000142.N001 Imprimé en France.
ISSN : 0763-4497
Loi n° 49-956 du 16 juillet 1949
sur les publications destinées à la jeunesse